Frances Fyfield

MRS. NAN'S REZEPT

EUROPA
VERLAG

FRANCES FYFIELD

MRS. NAN'S REZEPT

Zwei mysteriöse Geschichten

Aus dem Englischen von
Christiane Winkler

Europa Verlag
Hamburg · Leipzig · Wien

Herausgegeben von Jürgen Alberts

Die Deutsche Bibliothek – CIP-Einheitsaufnahme
Ein Titeldatensatz für diese Publikation ist bei der
Deutschen Bibliothek erhältlich.

Erstausgabe

Umschlaggestaltung: Frauke Weise, Hamburg
Satz: Paxmann/Teutsch Buchprojekte, München
Druck und Bindung: Jütte-Messedruck, Leizpig
ISBN: 3-203-85211-X

Informationen über unser Programm erhalten Sie beim
Europa Verlag, Neuer Wall 10, 20354 Hamburg
oder unter www.europaverlag.de

FRANCES FYFIELD

MRS. NAN'S REZEPT

Mrs. Nan war eine kleine Frau. Sie war mollig, aber nicht dick. Ihre Haut hatte die Farbe von weichem Kaffee, und vor über zwanzig Jahren war sie von Indien über Uganda hierher in den Süden Londons gekommen. Ihr Alter war nur schwer zu schätzen, sie musste an die fünfzig sein. Sie hatte braune, funkelnde Augen und lachte gerne, weil sie zu den Menschen gehörte, die eher das Positive im Leben sahen. Doch jetzt, beim Anblick ihrer Küchenregale, weinte sie. Es war furchtbar, dass sie all die guten Lebensmittel wegwerfen musste, doch das war nicht der Grund für ihre Tränen.

Mrs. Nan saß auf einem Küchenstuhl und starrte auf die halbleeren Regale. Ihr Laden lag im selben Haus unterhalb ihrer Wohnung, und alle, die dort zu ihr kamen, nannten sie einfach Mrs. Nan. Die Leute kauften Zeitungen, Fahrkarten, Telefonkarten, Zigaretten, Süßigkeiten, Schreibwaren, Haushaltswaren und sonst alle möglichen, nicht näher definierbaren Dinge bei ihr. Die freundlichen Stammkunden, die überhaupt auf den Gedanken verfielen, dass sie ja irgendwie heißen musste, nannten sie Mrs. Nan. Alle anderen fragten nur schnell nach dem, was sie haben wollten, und waren immer in Eile, weil sie den Bus erwischen wollten, der vor ihrem Laden hielt.

Selbst Mr. Nan (eine Abkürzung seines richtigen Namens, den die Engländer nicht aussprechen konnten) nannte sie nur noch Mrs. Nan, und die Kinder sagten Mama. Ihren wirklichen Namen hatte sie beinahe vergessen. Die Engländer wussten nicht, dass „Nan“ auch die Bezeichnung für eine indische Brotsorte war. Mrs. Brot hätten sie sie wohl kaum genannt, obwohl es zu ihr gepasst hätte. Sie verbrachte viel Zeit in dem Laden, vom frühen Morgen bis mittags. Danach ging sie einkaufen, und nachmittags kochte sie. Das war die Zeit, in der sie am glücklichsten war. In ihrer kleinen Küche war nur Platz für einen Stuhl, aber wenn sie hier auch keine Göttin war, dann wenigstens eine Prinzessin.

Die Wohnung über dem Laden war klein, doch es war groß genug für sie alle. Die Küche war genau auf ihre Bedürfnisse zugeschnitten, und im Esszimmer hatten sechs Leute Platz. Früher, in Uganda, als Manju und Didi noch klein waren, hatten sie ein großes Haus mit einem Angestellten gehabt. Damals war Mr. Nan ein Bankdirektor gewesen. Als sie fortmussten, mit nichts außer dem, was sie tragen konnten, hatte der Diener geweint und gefleht, sie möchten ihn doch mitnehmen. Immer, wenn Mrs. Nan weinte, musste sie an den Diener denken. Das ist das Schlimmste am

Weinen, dachte sie, dass es einen an all das erinnert, was einen je traurig gestimmt oder ärgerlich gemacht hat. Das war nicht gut.

Sie stand auf und wischte sich die Tränen weg. Die Regale waren leer und ihre Knie steif. Sie machte sich Vorwürfe, dass sie sich so verletzt und unglücklich fühlte. Worüber musste sie sich denn Sorgen machen? Das Leben hatte es doch gut mit ihr gemeint. Nun, die letzten zehn Tage waren wirklich schrecklich gewesen, doch jetzt war es an der Zeit, dankbar für das zu sein, was man hatte. Ihre beiden Kinder, Manju, die Tochter, und Didi, ihr Sohn, hatten beide die Universität absolviert und gute Jobs gefunden: Sie waren wichtige junge Leute. Beide gingen in den Tempel und waren gottesfürchtig. Sie lachten, wenn Mrs. Nan Englisch redete, weil sie schlecht und zu schnell sprach und unzählige Fehler machte. Sie brauchten nichts mehr von ihr, nur noch ihr Essen.

Nur noch? Es gab nichts Wichtigeres im Leben als Essen. Solche Mahlzeiten, wie sie sie zubereitete, bekam man nirgendwo sonst, darum kam Didi auch jeden Abend zum Essen vorbei, obwohl er schon vierundzwanzig war und seine eigene Wohnung hatte. Und Manju mit ihren dreiundzwanzig Jahren wohnte deshalb noch immer daheim. Sie hatten beide etwas aus sich gemacht. Mrs. Nan war stolz auf ihre Kinder, und sie wusste, dass sie ihren Erfolg ihr und ihren Kochkünsten zu verdanken hatten. Sie wollte auch gar nicht, dass sie sich dankbar zeigten oder sie mit Küssen überschütteten, sie wollte einfach, dass sie selbstsicher waren, ohne arrogant zu sein. Nur insgeheim wünschte sie sich manchmal, dass ihre gute Ausbildung sie zu freundlicheren Menschen gemacht hätte.

Sie seufzte und murmelte ein Gebet zu Ganesh, dem Hausgott.

Bitte, hilf mir. Ich muss kochen. Ich darf nicht vergessen, dass ich gerne koche. Das Kochen ist mein ganzer Stolz. Ich bin eine ausgezeichnete Köchin, das ist der Grund, weshalb wir leben und gedeihen. Und endlich ist auch das Badezimmer wieder sauber. Trotzdem konnte sie die Worte, die Anschuldigungen und unaussprechlichen Dinge nicht vergessen, die man über sie, ja schlimmer noch, über ihre Kochkünste gesagt hatte.

Sie nahm die Lebensmittel aus den Ladenregalen und warf sie in eine Plastiktüte, die auf den Müll ging. Alles, was sie vor dem Ausbruch der Krankheit zum Kochen verwendet hatte, musste entsorgt werden. Alles, denn es könnte etwas Verdorbenes dabei sein, doch es tat ihr so Leid um das wunderbare Kichererbsenmehl. Sie setzte sich, um sich von dem Schock zu erholen.

Ja, es waren schreckliche zehn Tage gewesen. An jenem Donnerstag hatten sie erst spät gegessen, und kurz darauf war es den dreien, Didi, Manju und Mr. Nan, furchtbar schlecht geworden. Sie hatten sich sterbenskrank gefühlt. Jetzt ging es ihnen wieder besser, doch was zählte, war das, was die Krankheit ans Tageslicht gebracht hatte, was sie Mrs. Nan über die drei und deren Einstellung zu ihr gezeigt hatte. Wenn es ihnen besser ging und sie wieder normal essen konnten, würden sie alles wieder vergessen, aber sie, Mrs. Nan, würde es nicht vergessen. Sie würde es niemals vergessen.

Der Arzt hatte einen regelrechten Aufstand gemacht. Mr. Nan musste für vier Tage ins Krankenhaus, Didi für zwei. Darum hatten sie auch das große Abendessen, an dem Didi seine Freundin hatte vorstellen wollen, verschieben müssen, doch das war nicht das Schlimmste. Sie hatten ihr die

Schuld daran gegeben, dass sie krank geworden waren. Sie hatten sie und ihre Kocherei dafür verantwortlich gemacht. Und das hatte Mrs. Nan bis ins Tiefste ihrer Seele getroffen.

*

Im Labor des öffentlichen Gesundheitsamtes strich Rob Smith die Brusttasche seines weißen Kittels glatt, wie er es immer tat, wenn er der Chefin etwas Wichtiges erklären musste. Es wirkt fast so, als wollte er sichergehen, dass er noch ein Herz hat, dachte sie.

„Java-Salmonellen, Gattung Dundee", sagte er wichtigtuerisch. „Erste Anzeichen sind Diarrhö und Erbrechen, mit anderen Worten, eine Schweinerei im Badezimmer. Doch bei diesem Erreger hören die Symptome nicht wie bei anderen, leichteren Salmonellenvergiftungen nach ein paar Tagen wieder auf, die Sache zieht sich in die Länge. Bei dieser Salmonellenart haben wir es mit einem bösartigen kleinen Bazillus zu tun, der besonders alten Menschen und Kindern oder Leuten mit einem geschwächten Immunsystem gefährlich wird, weil er eine Blutvergiftung hervorrufen kann. Der Tod erfolgt meistens durch Dehydration oder Sepsis. Doch im Anfangsstadium ist das erste Anzeichen eindeutig Dünnpfiff."

Die Chefin schwieg. Rob machte eine wirkungsvolle Pause, bevor er fortfuhr. „Zurzeit haben wir siebzehn Fälle in den Krankenhäusern. Durchschnittlich kommt es bei Java-Salmonellen zu ungefähr fünfzehn Erkrankungen im Jahr. Jetzt haben wir in einem Monat siebzehn Fälle, Tendenz steigend. Eine alte Frau liegt im Sterben. Was sollen wir tun?"

Es schien ihn nicht besonders zu berühren, dass eine ältere Dame mit dem Tode rang, aber schließlich war er ja Wissenschaftler. Nicht die Menschheit war es, um die er sich Sorgen machte, für ihn war es eine Herausforderung, den Grund für die Seuche zu finden. Die Chefin sah ihn müde an. Solche Krisensituationen brachen immer an einem Freitagnachmittag aus, niemals am Montag. Und das Labor des Gesundheitsamtes hatte die Aufgabe, die Ursache seltener Krankheiten aufzuspüren, und das schnell.

„Ja, das ist ein Notfall. Aller Urlaub wird gestrichen, und wir müssen eine Erklärung abgeben, dass wir es hier mit einer Epidemie zu tun haben. Dann halten wir uns an die übliche Vorgehensweise. Steht alles im Handbuch. Sie kennen das Protokoll bei Krankheitsausbrüchen. Außerdem ist es nicht nötig, dass Sie mich über Fachbegriffe belehren."

„Was für Fachbegriffe? Etwa Dünnpfiff?"

„Sie reden mit mir schon so, als hätten Sie es mit einem Journalisten zu tun, habe ich Recht? Sie warten doch nur auf die Gelegenheit, um die Presse zu informieren und vor die Kameras zu treten, nicht wahr, Rob? Wir lassen von der Sache nichts öffentlich verlauten, ist das klar? Zumindest nicht, bis wir genau wissen, mit was wir es hier zu tun haben. Und es ist wirklich nicht besonders angemessen, wenn Sie angesichts einer Katastrophe eine derartige Begeisterung an den Tag legen. Es ist noch keine nationale Epidemie. Aber Sie haben Recht, es ist ein Salomellenausbruch."

„Und weil es um Salmonellen geht, heißt das, fachlich ausgedrückt, wir haben es mit etwas zu tun, das die Leute essen."

„Ja."

„Irgendein Lebensmittel, das aus derselben Bezugsquelle kommt und das alle gegessen haben ... und das die Leute immer noch essen ..."

„Genau. Die Leute werden vergiftet, und wir müssen herausfinden, weshalb."

Rob rieb sich automatisch die Hände, als würde er sie sich waschen. Jeder im Labor des Gesundheitsamtes wusch sich mindestens sechzehn Mal pro Tag die Hände, selbst wenn sie in Büros wie das der Chefin saßen, das weit weg von den Laborräumen und Scheißeproben war. Rob merkte, was er tat, und hörte leicht betreten damit auf. Das war die Gelegenheit, um zu beweisen, was in ihm steckte, stattdessen rang er hier hilflos die Hände.

„Ja, tut mir Leid, wenn es so aussieht, als freute ich mich über die Sache, aber wir haben schon seit Ewigkeiten keine richtige Epidemie mehr gehabt, und der Job hier ist nicht gerade aufregend."

Die Chefin sah ihn an. Vor ihr stand ein junger Mann, der dachte, er hätte die Weisheit mit Löffeln gefressen, während er in Wirklichkeit nicht einmal annähernd so viel wusste, wie er meinte. Aber wenn er jetzt bewies, dass er zuhören konnte, dann war er vielleicht der Richtige. Sie blickte auf die Papiere auf ihrem Schreibtisch. Jedem anderen wären die Kritzeleien wie aneinandergereihte Hieroglyphen, Spalten und Anmerkungen in einer alten Sprache erschienen, doch für sie war das alles vollkommen klar und verständlich. Sie fand nicht, dass die Analyse von Statistiken zur Vorhersage von Krankheitsentwicklungen langweilig war.

Im Moment musste sie vor allem entscheiden, ob sie Rob die Leitung der Salmonellenuntersuchung überlassen sollte. Er hatte nicht besonders viel Erfahrung, dafür war er clever und einsatz-

freudig, außerdem gab es bei der Untersuchung von plötzlich auftretenden Epidemien durch Lebensmittelvergiftungen strenge Regeln zu befolgen, von denen er nicht wirklich abweichen konnte. Zuerst die Fragen, dann die Auswertung der Antworten. Alle Opfer mussten befragt werden, was sie in den drei Tagen vor Ausbruch der Krankheit gegessen hatten.

Eine Kontrollgruppe musste zusammengestellt werden, die man zusätzlich befragen musste, was sie nicht gegessen hatten. Gleichzeitig gingen die Stuhlproben der nächsten Opfer an die Laboranten, die dann in grässlichen Scheißhaufen herumfummelten und seltsame Dinge auf kleinen Tellerchen in einer ekelhaften Nährstofflösung züchteten, um die Salmonellenart zu isolieren und herauszufinden, ob es sich bei allen um die gleiche Art handelte. Rob hatte Recht: Alles fing mit Scheiße an. Und die Scheiße würde ihnen bald um die Ohren fliegen, wenn sie nicht schnell die Ursache der Salmonellenvergiftungen herausfanden. Möglichst bevor die Epidemie öffentlich wurde. Fand er die Ursache rasch, dann war das ein Triumph für Rob, der es auf ihren Job abgesehen hatte. Es war kein besonders beruhigender Gedanke, doch Pflicht war Pflicht. Er war der richtige Mann für die Untersuchung.

„Denken Sie daran, jemand wird sterben, wenn wir der Sache nicht auf den Grund gehen. Sie sagen, dass wahrscheinlich mit Todesfällen zu rechnen ist. Ich bin überrascht, dass bis jetzt noch niemand gestorben ist. Darum sind wir hier, Rob: um zu verhindern, dass Menschen unnötig sterben."

Vermutlich war es besser, wenn jemand die Untersuchung leitete, dem nicht so sehr die Menschen, sondern die Ergebnisse am Herzen lagen. Manchmal war es besser, nicht an die Individuen und die Scheiße zu denken, die plötzlich über ihr unschuldiges Leben hereingebrochen war. Die Chefin hatte selbst drei Kinder. Darum dachte sie auch anders über diese Dinge. Sie fragte sich, wie es wäre, wenn plötzlich ihre Kinder ohne erkennbaren Grund krank würden, und bei dem Gedanken lief es ihr kalt den Rücken hinunter.

Rob ging pfeifend davon. Mit Vergnügen würde er gleich seinem Team mitteilen, dass sie sich ihr Wochenende an den Hut stecken konnten. Seine Leute würden darüber allerdings ganz und gar nicht glücklich sein, auch nicht darüber, dass sie mit den Lebensmittelkontrolleuren zusammenarbeiten mussten, die sie alle für nicht so wichtig hielten. Für die Lebensmittelchemiker im eigentlichen Labor dagegen war das alles kein Problem. Sie waren sowieso merkwürdig. Ihnen machte es einfach Spaß, Bazillen zu untersuchen, egal zu welcher Tages- oder Nachtzeit. Doch im Grunde zählte nur, wie Wissenschaftler so wie er die Antworten auf ihre Fragen interpretierten.

Sie würden die Nuss in wenigen Tagen knacken. Die Java-Salmonellen, Typ Dundee, hatten keine Chance. Doch woher waren sie gekommen? Aus Keimen in irgendwelchen Lebensmitteln. Aber in welchen Lebensmitteln? Und wie konnte man verhindern, dass die Leute sie weiter zu sich nahmen?

Salmonellen gab es in vielen Lebensmitteln. Durch einfaches Kochen wurden sie abgetötet. Sie konnten über infizierte Hände ins Essen geraten. Sie konnten sich aber auch in Speisen vermehren, die zum Beispiel bei einer Party zu lange im Warmen gestanden hatten. Ja, das war eine Möglichkeit. Vermutlich stammten die Salmonellen aus Speisen von einer Party oder von einem Restaurant. Er dachte dabei an Huhn und an Eier.

*

Wochenenden machten keinen großen Unterschied im Leben von Mrs. Nan, außer dass sie in den Tempel und anschließend zum Einkaufen ging. Der Tempel war ihr Lieblingsort. Er war voller Schönheit und Ruhe. Sie ging am liebsten alleine dorthin, obwohl es sie mit Stolz erfüllte, wenn ihre Kinder sie begleiteten. Ein Glück, dass sie gläubig waren, sagte sie sich, dass sie beteten und versuchten, gute Menschen zu sein. Sie hatten kein Bedürfnis, zu rebellieren und irgendeine Nicht-Hindu mit roten Haaren zu heiraten. Und sie tranken keinen Alkohol und trieben sich nicht an verruchten Orten herum. Auf ihre Kinder konnte man stolz sein, und sie war auch stolz, selbst wenn ihre Kinder gar nicht stolz auf ihre Mutter waren.

Die Dinge, die sie ihr an den Kopf geworfen hatten, du meine Güte. Zuerst wollte sie beten und danach einkaufen gehen.

Der Tempel ragte wie ein wunderschönes Schloss auf der Spitze eines Schrottberges über dem heruntergekommenen Süden Londons empor.

Die verwahrlosten Straßen verblassten im Glanz seiner prächtigen Fassade. Nicht nur für Mrs. Nan, auch für Millionen anderer Menschen strahlte er wirklich. Er glänzte weiß mit seinen Zinnen und Türmchen, von denen Fähnchen lustig im Wind wehten. Um den Tempel herum schien der Himmel stets blau zu sein. Das Innere war mit burmesischem Teakbaum und italienischem Marmor ausgestattet, von Tausenden von Handwerkerhänden kunstvoll zu wundervollen Türen, Decken und Räumen verarbeitet. Der Tempel war einfach großartig, und trotzdem herrschte hier immer eine angenehm warme Atmosphäre, und die Temperaturen waren immer mild. Man konnte Winterkleidung tragen, ohne dass einem heiß wurde, oder einen Seidensari, ohne dass man fror. Mrs. Nan löste ein Ticket für die Schuhe, die sie am Tisch abgab, und trottete barfuß durch die große Eingangshalle zu den Schreinen. Die kühle Wärme des Bodens beruhigte sie, sie hatte das Gefühl, in dieser Pracht daheim zu sein und dass ein Stückchen davon auch ihr gehörte. Der Tempel war eines der Weltwunder. Für sie war er ein zweites Zuhause.

Drei große Türen mit atemberaubenden, durchbrochenen Schnitzereien führten zu der Kammer mit den Schreinen. Die erste Statue war Ganesh,

der Elefantengott. Er saß hinter Glas und trug seine Krone, unter der seine kleinen, weisen Augen hervorblitzten. Sein prunkvoll geschmückter Elefantenrüssel schlängelte sich über seinen köstlich runden Bauch, die eine Hand hatte er zum Gruße und zur Segnung erhoben. (Die Geste bedeutete dasselbe bei Ganesh.) Der eine sichtbare Fuß war rundlich und hatte lackierte Fußnägel. Ganesh war ein Beispiel dafür, wie ein Mann auf sich achten sollte. Mrs. Nan machte sich immer Sorgen um die Leute, die gerne dünn sein wollten. Es war unnatürlich. Am besten war man so rund wie Ganesh, der Hausgott, zu dem sie immer zuerst betete, weil er die Gesundheit und den Wohlstand bewahrte, die für so vieles die Grundlage waren. Gleich nach ihm kam Hanuman, der Affengott und Krieger, der den

Menschen und seine Besitztümer vor dem Bösen schützte, wenn die Menschen so klug waren und ihn darum baten.

Bescheiden und in der richtigen Gemütsverfassung sagte sie ihr Gebet. Mit diesen Göttern verhandelte man nicht; man bat um Hilfe und Kraft und Führung, damit man erkennen konnte, was man tun musste. Was man tun konnte und was man tun sollte. Man bat darum, dass Licht in die eigene Dunkelheit kam, man bat um Vertrauen, damit man das, was man tun musste, gemäß dem ausführte, das man über sich selbst verstanden hatte. Auf rasche Antworten durfte man nicht hoffen. Die kamen erst später. Ganesh verstand, um was für eine Bitte es sich handelte, das wusste sie, selbst wenn sie ihr Gebet nicht in komplizierte Worte kleidete. *Mögen sie wissen, dass ich sie nicht vergiften wollte, betete sie. Und möge ich nicht den Glauben daran verlieren, dass ich das beste Essen koche.*

Denn der Glaube in ihre Kochkunst war natürlich schwer erschüttert. Sie hatte nur das Beste gekocht, so wie sie Tag für Tag für die Menschen kochte, die nirgendwo sonst aßen, bis auf Mr. Nan, der gelegentlich einen Schokoriegel verdrückte, ansonsten aber alle Mahlzeiten zu Hause einnahm. Vielleicht aßen Didi und Manju noch etwas anderes im Laufe des Tages, zusätzlich zu dem Mittagessen, das sie ihnen fertig machte. Doch eigentlich glaubte Mrs. Nan das nicht, sie hätte es an ihrem Geruch gemerkt. Didi nahm seine Lunchbox am Abend mit zu sich nach Hause und von dort am nächsten Tag zur Arbeit. Manju bekam ihre Box morgens von Mrs. Nan, bevor sie das Haus verließ, wobei sie voll Ungeduld immer herablassend seufzte, als wäre das alles nicht so wichtig. Als könnte sie so ein liebevoll zubereitetes vegetarisches Essen auch in der Stadt bekommen! Seltsam, dass sie so wählerisch mit ihrem Essen waren, obwohl sie es nicht zu schätzen wussten. Beide hatten zu viel mit ihrem Studium um die Ohren gehabt, um richtig kochen zu lernen.

Die Lunchboxen, in die sie das Mittagessen packte, hatte sie im Laden des Tempels gekauft, sie hatten ein Foto des Tempels auf dem Deckel. Ihre Küche war genauso sauber wie der Tempel. Trotzdem waren Didi, Manju und Mr. Nan krank geworden. Nun, Didi war verliebt, und das machte einen Mann immer schwach und fiebrig. Und Mr. Nan wurde langsam alt, und Manju war zu dünn. Doch das erklärte alles nicht, warum sie krank geworden waren. Und wenn es doch von ihrem Essen kam, warum war sie dann selbst nicht krank geworden?

Ganesh sprach zu ihr, als sie aus dem Tempel ging. Er sagte, sie solle ihnen die bösen Worte vor zwei Tagen nicht verzeihen, die sie zum Weinen gebracht und ihr Selbstvertrauen zerstört hatten. Er sagte ihr auch, dass sie ihren Verstand einsetzen und herausfinden solle, was sie so krank gemacht hatte. Nur weil sie immer die Schuld bei sich suchte, musste das noch lange nicht so sein. Und sie musste die Ursache finden, schnell. Tat sie das nicht, würde sie vielleicht ganz den Glauben an ihre Kochkünste verlieren, obwohl sie wusste, dass sie das Kochen perfekt beherrschte und es ihr ganzer Stolz und ihre ganze Freude war, auch wenn alle, die nicht wussten, wie viel Zeit die Vorbereitung eines solchen Essens in Anspruch nahm, es wie selbstverständlich hinnahmen und einfach hinunterschlangen.

In der Nähe des Tempels war ein sehr gutes Lebensmittelgeschäft. Essen wurde für die Götter vorbereitet und gekocht; mit dem Essen wurde die Liebe gefeiert: Die Tempelküchen waren groß, damit sie Speisen für Feierlichkeiten liefern konnten. Das Essen war heilig, es war ein Geschenk an die Götter, die das Leben lenkten, es aber niemals bestimmten. Die Götter bestärkten einen in dem Wissen, dass man Kraft, Verstand und Willen besaß, es lag an einem selbst, ob man auf sich hören wollte. Doch essen musste man in jedem Fall. Iss rein, weise und gut, zum Wohle des Körpers und zur Freude des Herzens. Essen war heilig. Es war eine Grundlage des Glücks.

Es war das erste Mal seit der Krankheit in ihrer Familie, dass sie wieder in dem Laden neben dem Tempel einkaufen ging. Mr. Nan, der nun sechzig war, war erst in den Krankenwagen gestiegen, als der Arzt ihn dazu gezwungen hatte, und die ganze Zeit über hatte er sie verflucht. Und Manju, der es nicht so schlecht gegangen war, die zu Hause bleiben durfte und sich als Erste wieder erholt hatte, hatte sie angeschrien: Du hast uns vergiftet. Nun gut, das hatte sie nur gesagt, weil sie verängstigt und wütend war und sich übergeben musste, doch die schrecklichen Worte klangen noch immer in Mrs. Nans Ohren, als sie den Laden betrat.

Der Laden in direkter Nähe des Tempels war natürlich teurer als die vegetarischen Geschäfte bei ihr zu Hause, doch gleichzeitig war er auch so etwas wie eine geistige Heimat. Allein der Geruch dort stimmte ihre Seele froh. Sie ging in viele Geschäfte, immer auf der Suche nach Schnäppchen und Qualität, doch diesen Laden mochte sie besonders gerne. Auf der Rückseite gab es eine Lagerhalle, in der die offenen Waren in handliche Pakete abgepackt und dann überallhin vertrieben

wurden. Auch in den Regalen im Laden gab es offene Ware sowie abgepackte Produkte, hier fand sich alles, was das Herz zum guten Kochen und Essen begehrte: frische Kokosnüsse, die Speise der Götter, alle Arten von Nüssen, Kardamomschoten, deren Samen sie gerne in den Reis gab, große gelbe Linsen mit nussigem Geschmack, frische grüne Peperoni und kleinere, getrocknete rote Peperoni, Säcke voller Kichererbsenmehl, weiße und schwarze Sesamsamen, Jagreszucker, der wunderbar dunkle, bröselige Zucker, den man für fast jedes Gericht brauchte, Senfsamen, Kochbananen, Pistazien, Mangos. Es gab Paneer, einen vegetarischen Käse, den sie lieber selbst zubereitete, und abgefüllten Lassi, einen Joghurtdrink in vielen verschiedenen süßen und salzigen Variationen, den sie auch nur ungern fertig kaufte.

Für die Reichen und Faulen gab es zudem eine Theke mit Süßem, Mandelfondant, Passionsfruchteis, doch das reizte sie nicht, obwohl sie wusste, dass alles hervorragend zubereitet war. Mrs. Nan machte alles selbst, angefangen von den gefüllten indischen Samosas bis zum letzten Löffel Mangoeiscreme. Trotzdem sah sie sich immer um, auf der Suche nach neuen Ideen. Kochbücher benutzte sie eigentlich nie, was dort stand, machte nicht viel Sinn für ihre Art zu kochen. Sie schaute sich die rohen Zutaten an und versuchte, ihren Rezepten jede Woche etwas Neues hinzuzufügen. Sie hatte ihre Lieblingsmenüs und ihre Lieblingszutaten, wie beispielsweise Kokosnuss in jeder erdenklichen Variation, wobei sie frische Kokosnüsse bevorzugte, weil sie sie einfach gerne zwischen ihren Fingern spürte und am besten damit umgehen konnte, genauso wie sie immer die Zutaten benutzte, die am besten zu ihrer Küchenausrüstung und den Tätigkeiten passten, die sie am liebsten verrichtete. Wie sie zum Beispiel beim Zerkleinern von Koriandersamen mit Stößel und Mörser wahrscheinlich ihren Ärger loswurde. Als sie zwischen den Regalen dieses gesegneten, nach Süßigkeiten und Lebensmitteln duftenden Ladenreiches umherwanderte, wunderte sie sich über den Ärger, der in ihr gärte, und sie machte sich Sorgen, ob auch etwas von diesem Ärger in ihr Essen gelangte, genauso wie ihre Liebe es tat.

Sie kaufte alle Trockenvorräte neu ein. Sie nahm auch drei der neuen Kilopakete getrockneter Kokosnuss mit, die sie vor vierzehn Tagen schon einmal gekauft hatte. Getrocknete Kokosnuss konnte man immer gebrauchen. Sie nahm sie aber auch mit, weil die Pakete so helle, freundliche, rot umrahmte Etiketten mit einer Palme am Strand auf der Vorderseite hatten. Die ganze Zeit schon hatte das Etikett ihre Aufmerksamkeit erregt, denn es erinnerte sie an Afrika, wo sie einmal gelebt hatte. Eigentlich benutzte sie lieber frische Kokosnuss, doch diese Päckchen brachten zumindest Farbe auf ihre Regale. Sie schob den schweren Einkaufswagen zum Ausgang und zahlte.

„Tantchen, wie schön, Sie zu sehen."

Noch einer, der ihren richtigen Namen nicht kannte. Der Sohn des Ladenbesitzers, der Englisch sprach, um zu zeigen, wie gut er es beherrschte. Oder vielleicht auch, um es zu lernen. Sie war nur halb so groß wie er, er war hochaufgeschossen und dünn und ging vermutlich in eines dieser Fitnesscenter, wie Manju, das dumme Ding. Die Mutter des Jungen sollte sich für so einen mageren Sohn schämen. Er war immer nett und freundlich zu ihr. Manchmal brachte er sie zum Lachen. Ihr kam eine Idee. In ihrer gewohnten halsbrecherischen Geschwindigkeit antwortete sie ihm auf Englisch, lehnte sich zu ihm hinüber und lächelte. Sie wusste nicht, dass sie wie ein süßer, molliger, kleiner Kobold aussah und dass jeder sie mochte.

„Sag mal, ist schon mal jemand krank geworden, weil er Lebensmittel aus diesem Laden gegessen hat? Nur, wenn das stimmt, dann komme ich nicht mehr."

Er schüttelte nachdrücklich den Kopf.

„Nein, nie. Wir führen nur vegetarische Artikel, davon wird niemand krank. Wie sollte man schon von Mehl und Zucker und Reis oder sauberen Curryblättern krank werden? Die Engländer werden krank. Von toten Kühen. Von Hühnern und Schafen, Eiern und Hamburgern. Aber niemals von Nüssen, Zucker, Knoblauchcurry oder Basmatireis."

Sie schüttelte sich und nickte. Genau das hatte sie auch immer gedacht.

Er war ein guter Junge, wenngleich ihr heute der Geruch seines Atems nicht gefiel. Ja, er war schon sauber, aber er roch nicht nach gutem Essen und Rosenwasser. Nicht, dass es schlimm gewesen

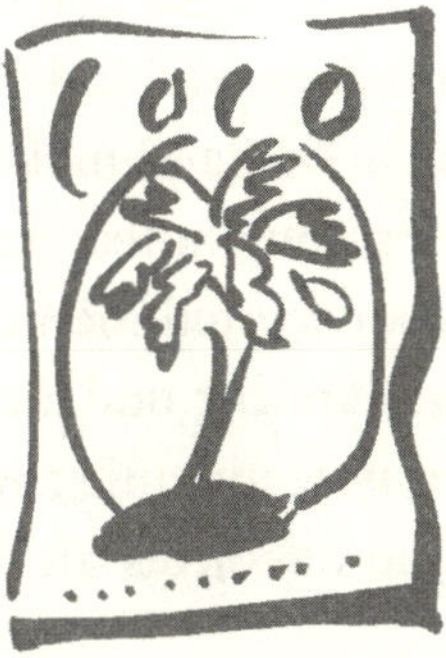

wäre, es war nicht der ekelhafte Geruch, wie er ihr bei McDonald's an der Ecke bei ihrem Laden in die Nase stieg. Vielleicht war es aber auch jener leichte Geruch von Alkohol, den sie bei vielen ihrer Kunden kannte und der ärger war, je kürzer zuvor sie etwas getrunken hatten, und süßer, wenn es schon etwas länger her war. Bier roch schlimmer als Wein. Mrs. Nan hatte noch nie einen Tropfen Alkohol getrunken, trotzdem wusste sie sofort, was andere getrunken hatten und wie hoch der Zuckergehalt in dem Getränk gewesen war. Vielleicht trank dieser Junge ja hin und wieder Whisky. Gut, das taten manche Männer. Deshalb waren sie noch keine schlechten Menschen. Sie sah den Jungen an, so, wie sie jeden Jungen seines Alters angesehen hätte. Er war ungefähr im gleichen Alter wie Manju, und sie war immer auf der Suche nach jemandem, der zu Manju passen würde. Einen braven jungen Mann zu finden war nicht leicht, außerdem hatte der Vater dieses Jungen ein sehr gut laufendes Geschäft. Trotzdem konnte sie sich Manju nicht hinter einer Ladentheke vorstellen. Manju war zufrieden mit ihrem Job als Buchhalterin in einem klimatisierten Büro. Das freundliche junge Gesicht des Jungen brachte sie jedoch auf eine andere Idee. Sie beugte sich zu ihm vor und wusste, dass sie süßer als Blumen und sauberer als sauber duftete und warme Füße hatte. Zum Teufel mit der Schlange hinter ihr.

„Hör zu, mein Lieber, ich muss für meinen Sohn etwas kochen, er ist ungefähr so alt wie du. Er bringt seine Freundin mit. Zum Glück geht auch sie in den Tempel. Er ist Rechtsanwalt, sie Chemikerin. Er wollte sie schon diese Woche mitbringen, doch nun kommt sie erst nächste Woche. Was soll ich kochen? Du bist jung. Du weißt, was junge Leute gerne essen. Was, glaubst du, würde sie gerne essen?"

Er war zwar ein einfacher Junge, aber er sah gut aus, wenn er lächelte.

„Tantchen, wir wissen doch alle, dass Sie kochen können. Sie sind doch eine berühmte Köchin. Das sehe ich alleine schon daran, was Sie kaufen, außerdem erzählen sich die Leute das. Kochen Sie einfach, was Sie für richtig halten, sie wird es schon mögen, vermutlich isst sie sonst nur Fast Food. Sie wird gar nicht bemerken, ob es gut oder schlecht gekocht ist. Diese Karrierefrauen können doch nicht kochen. Das wissen Sie doch, Tantchen."

Wie alt er wohl war? Um die fünfundzwanzig, aber reden konnte er wie ein Fünfzigjähriger. Mrs. Nan freute sich richtig über diese Unterhaltung. Sie hatte schon gedacht, er würde ihr raten, Fleisch zu kochen. Als ob sie das jemals machen würde.

Sie steckte die Sachen in ihre Tasche, und er trug sie hinaus zum Wagen. Es war ihr Wagen, und er war nicht zu vergleichen mit Didis schickem BMW. Sie fuhr einen alten, ramponierten, an den Seiten zerbeulten Volkswagen. Doch dieser Junge machte sich nicht über die Beulen in ihrem Auto lustig, wie Manju und Didi. Mrs. Nan hatte einen Führerschein, und mit dem Wagen herumzukurven war so weit in Ordnung, nur die Bestie zum Stehen zu bringen oder einzuparken war ein Problem. Wahrscheinlich kam das daher, weil sie unentwegt an Essen dachte. So wie jetzt, als sie überlegte, welches neue Gericht sie nächste Woche ausprobieren sollte. Sie blieb eine Weile nachdenklich in ihrem Auto sitzen.

Vielleicht wollte Didi dieses Mädchen ja gar nicht mehr zum Essen mitbringen, nach dem, was er gesagt hatte. Doch, natürlich würde er sie mitbringen. Jawohl, sie würde diese Woche neue Rezepte ausprobieren, ihre Finger an neue Gerichte gewöhnen und die alten Lieblingsgerichte vermeiden.

Dann fuhr Mrs. Nan nach Hause und kochte. Sie bereitete karamellisierte Zwiebeln, Obst-und-Nuss-Pilawreis mit Gurken und Pfefferminz-Raita, Datteln und Tamarinden-Chutney, gefolgt von Mango Culfi, zur Feier, dass alle wieder genesen

waren. Das Kochen nahm den ganzen Nachmittag in Anspruch. Und sie fand, dass sie mehr Lärm als gewöhnlich machte.

Der Familie ging es sehr gut. Man hatte den Eindruck, als wären sie nie krank gewesen. Sie aßen mit dem größten Appetit. Didi war ganz gierig; er aß das Chutney fast alleine auf, auf Chutney war dieser Junge schon immer ganz scharf. Und dann, als sie das Mangoeis und die Mandelkekse aufgegessen hatten, fingen sie wieder mit dem Genörgele und der Hänselei an.

„Ich musste eine Stunde mit einem Mann vom Gesundheitsamt verbringen“, beklagte sich Didi. „Das mussten wir alle, Mama, weil wir so krank waren. Zuerst Untersuchung und Stuhlproben abgeben. Das ist ein Eingriff in die Privatsphäre. Vielleicht sind das ja Rassisten. Und wir verschwenden unsere kostbare Zeit damit, einem Typen am Telefon Fragen zu beantworten, weil der einen Fragebogen ausfüllen muss, in den er einträgt, was wir gegessen haben, bevor wir krank geworden sind! Und zwar alles! Ich hab ihm gesagt, dass er sich da keine Sorgen machen muss, weil Mama gekocht hat.“

Didi brüllte vor Lachen. Mr. Nan und Manju stimmten ein.

„Die Liste der Fragen war wirklich lang“, fuhr Didi fort. „Haben Sie dies gegessen oder das? Stundenlang, kann ich euch sagen.“

„Mich haben sie auch befragt“, sagte Manju.

„Und mich auch“, sagte Mr. Nan.

Alle starrten sie vorwurfsvoll an. Sie dachte daran, wie sie die Küchenregale leer geräumt und das Innere mit Bleichmittel geschrubbt hatte. Sie dachte an die pausenlose, furchtbare Putzerei im Badezimmer und auf den Treppen und die endlosen Stunden, die sie im Laden verbracht hatte, während sie alle krank waren.

„Wenn sie solche Fragen stellen, heißt das dann nicht, dass auch viele andere Leute krank geworden sind und niemand genau weiß, warum?“, fragte Mrs. Nan.

Manju zuckte die Schultern.

„Vielleicht, aber wen interessiert das schon? Uns geht es ja wieder besser. Ich habe drei Kilo abgenommen! Ja, ich wollte nicht sagen, was ich gegessen habe. Ich habe dem Mann am Telefon einfach gesagt, dass wahrscheinlich irgendetwas in unserer Küche schlecht geworden ist.“

Mrs. Nan schnappte nach Luft. „Wie konntest du nur so etwas sagen?“

„Ich hab ihnen gesagt, dass Mrs. Nan vielleicht versucht hat, uns zu vergiften“, sagte Mr. Nan und lachte dabei sogar noch lauter als Didi. Didi fuhr seiner Mutter über den Kopf. Ihr Haar war dünner geworden.

„Mach dir keine Sorgen, Mama. Ich glaube nicht, dass du uns vergiften wolltest.“

Manju sah sie aus kühlen, abschätzenden Augen an, und Mrs. Nan fragte sich, ob dieses gefühlsarme Mädchen wirklich ihre eigene Tochter sein konnte.

„Vielleicht wolltest du uns ja eine Lektion erteilen, Mama“, sagte sie. „Vielleicht willst du uns sagen, dass du nicht glücklich bist mit deinem

Leben. Vielleicht solltest du zum Arzt gehen und herausfinden, weshalb du als Einzige nicht krank geworden bist. Schließlich hast du dasselbe gegessen wie wir."

„Aber nicht so viel", sagte Mr. Nan fairerweise.

Sie aß nie so viel wie die anderen. Mrs. Nan ließ immer die anderen zuerst essen und aß dann, was noch übrig war. Sie rissen Witze über ihr schlechtes Englisch, über ihren zerbeulten Wagen, über das Gekichere, wenn sie nervös war, und sie machte immer gute Miene zum bösen Spiel. Wenn sie sich über sie lustig machten, sie auslachten und Mrs. Nan dann mitlachte, dann hielt das die Streitereien im Zaum, die unter der Oberfläche brodelten. Didi und Manju kamen sich wegen jeder Kleinigkeit in die Haare, und Mr. Nan war immer darauf aus, sich mit einem von ihnen anzulegen. Er war ein herrschsüchtiger Mann und stellte hohe Ansprüche an seine Kinder. Stets hatte er sie zur Leistung angetrieben, und nun wetteiferten sie untereinander. Mrs. Nan spielte oft die Rolle der Dummen, tat so, als hätte sie im Laden etwas durcheinander gebracht, ließ etwas fallen oder interpretierte die Nachrichten falsch, nur damit sie darüber lachen konnten, ihr die Welt erklärten und dabei ihren dummen Konkurrenzkampf vergaßen. Mrs. Nan wusste auch, dass es immer leichter gewesen war, wenn sie Mr. Nan dazu brachte, dass er sie herablassend als dummes Weib behandelte, das nichts außer dem Kochen beherrschte. Denn solange er sie herunterputzte, hackte er wenigstens nicht auf ihren Kindern herum. Es machte ihr nichts aus, die Pufferzone zu sein, schließlich war das eine Rolle, die Frauen immer spielten. Ihr Gott verlangte das von ihr, doch jetzt war Schluss. Sie lächelte, aber das Herz tat ihr dabei weh.

„Wenn ich nächste Woche Shelima zum Abendessen mitbringe, wirst du sie doch nicht etwa auch noch vergiften?" Das Gelächter wurde noch lauter.

„Ich werde etwas ganz Besonderes kochen", sagte Mrs. Nan. Als wäre ihr Essen nicht immer etwas Besonderes.

„Gut. Ich möchte, dass du sie beeindruckst."

Mrs. Nan fragte sich, ob ihm auch etwas daran lag, dass das Mädchen sie beeindruckte, und sie wollte noch sagen, dass sie besser zuerst die Eltern des Mädchens treffen sollten, doch sie sagte nichts.

Sie musste lernen, mit den neuen Zeiten zu gehen, und immerhin wollte Didi ihr Einverständnis, was heutzutage bei den Söhnen nicht mehr selbstverständlich war.

„Bitte, Mama, back dein bestes Brot. Das Fladenbrot mit den würzigen Stückchen drin. Und dieses grün-weiße Chutneyzeugs, das fast wie Kuchen schmeckt ..."

Mrs. Nan spülte die letzten Teller ab, lächelte dabei und sprach über ihre Schulter. Niemand in ihrer Familie ging jemals Lebensmittel einkaufen. „Als dieser Mann vom Gesundheitsamt dich gefragt hat, was du gegessen hast, was hast du da gesagt?"

„Ich hab ihm gesagt, dass er sich ein paar neue Fragen überlegen soll", sagte Didi wichtigtuerisch, und Mr. Nan nickte. „Wir essen nichts von dem, was auf seiner Liste steht."

Während sie die Teller abtrocknete und die Essensreste wegräumte, kam Mrs. Nan noch ein seltsamer Gedanke. Wenn diese Person vom Gesundheitsamt tatsächlich wissen wollte, von welchem Essen ihre Familie so krank geworden war, warum hatte dann niemand sie gefragt? Warum wurde sie überhaupt nie gefragt? Selbst wenn ihre Kinder und ihr Mann sich erinnert hätten, was genau sie gegessen hatten, so hätten sie doch niemals sagen können, mit welchen Zutaten die Speisen gekocht worden waren. Das wusste nur sie.

*

Scheiße!

Sie hatte den Fall über das Wochenende nicht lösen können. Rob wusste nicht mehr weiter. Sechzehn neue Fälle von Java-Salmonellenvergiftung waren verzeichnet worden. Drei davon waren kritisch. Dennoch waren diese neuen Fälle, so besorgniserregend sie sein mochten, auch hilfreich. Sie hatten dadurch mehr Daten, mit denen sie arbeiten konnten. Klar war bisher, dass die Fälle sich lose im Londoner Norden konzentrierten, sich aber dann vierzig Meilen nach Norden um den Autobahnkorridor herum ausdehnten.

„Wir brauchen einen neuen Fragebogen“, sagte die Chefin. „Wir stellen nicht die richtigen Fragen. Schauen Sie sich die Namen an ... Mali, Nanyrian, Humana, Oza. Alles Asiaten. Und Sie verwenden den Standardbogen mit den Fragen, die wir normalerweise Opfern von Lebensmittelepidemien stellen, so als hätten wir es mit Durchschnittsbriten zu tun, die Fish & Chips essen. Ihre Leute haben stundenlang am Telefon gesessen und haben nach Speck, Eiern und Rindfleisch gefragt, obwohl niemand von diesen Leuten so etwas isst.“

„Also müssen wir jetzt von vorn anfangen?“

„Ja.“

„Haben Sie schon bemerkt, dass die Opfer hauptsächlich Männer sind?“

„Das spielt keine Rolle.“

Zurück ans Reißbrett. Zurück an die Telefone mit einer neuen Liste.

Die Antworten der Männer waren nicht besonders ergiebig.

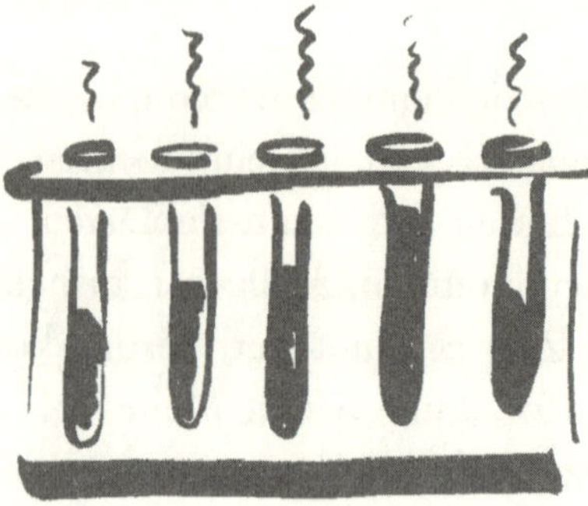

Ach ja, Sie haben also am Samstag Curry gegessen, Pilawreis am Sonntag, eine Süßigkeit mit Marzipan, ein Lassigetränk zum Frühstück.

Haben Sie Mohnsamen, rote Peperoni, Kokosnuss oder Schwarzkümmelsamen gegessen?

Haben Sie Kichererbsen, haben Sie Safran gegessen? Die gängige Antwort war, dass sie es nicht wussten.

Der Druck stieg. Inzwischen hatte es zwei Todesfälle gegeben. Weitere Stuhlproben kamen herein, die im Labor in Nährflüssigkeit angesetzt wurden und am Ende immer dieselben bösartigen Java-Salmonellen aufwiesen. Per Internet-Recherche suchten sie weltweit nach Informationen über ähnlich gelagerte Fälle. Es gab insgesamt mehr als zweihunderttausend bekannte Salmonellenarten, die alle Symptome von Durchfall bis Darmfieber hervorriefen, aber sie mussten sich ausgerechnet an dieser einen die Zähne ausbeißen.

Am Donnerstag wusste Rob, dass sie Fortschritte gemacht hatten, auch wenn es nur mühsam voranging. Inzwischen wieder genesene Opfer, wie die Familie Nan, hatten keine Lust mehr, ihre Zeit mit der Beantwortung von Fragen zu vergeuden. Und es stellte sich als ein schwieriges Unterfangen heraus, die Kontrollgruppe, die auch immer noch befragt werden musste, bei der Stange zu halten.

In der Kontrollgruppe waren Leute mit derselben Herkunft wie die Opfer, die genau in den Stadtteilen wohnten, in denen die Java-Salmonellen aufgetaucht waren. Sie mussten befragt werden, damit man einen Vergleich zu den Aussagen der Opfer hatte. Warum sollten sich so viel beschäftigte Leute Zeit für solche Befragungen nehmen? Natürlich gab es Beschwerden. Was das denn werden solle – eine Hexenjagd auf hinduistische Vegetarier? Warum hackte man ausgerechnet auf ihnen herum? Das Gesundheitsamt musste öffentliche Dementis im Radio senden.

Mrs. Nan stand in ihrer Küche, hörte Radio und mischte etwas in einer Schüssel. Sie hörte auch den Tratsch in den Lebensmittelgeschäften.

Ja, sie machten eindeutig Fortschritte. Die Fälle konzentrierten sich auf den Norden Londons, und die Auswertung der Fragen ergab, dass die von den Opfern konsumierten Lebensmittel vermutlich alle aus einer Gruppe von bestimmten Geschäften stammten. Und hurra! Jedes der genesenen Opfer konnte sich daran erinnern, verpackten Paneer, jenen duftenden vegetarischen Käse aus Milch und Zitrone gegessen zu haben. Jetzt waren die Lebensmittelinspektoren an der Reihe, sie mussten raus und Paneerproben sammeln. Auf möglichst diplomatische Weise. Auf keinen Fall durften sie den Eindruck hinterlassen, hier ginge es um rassistisch motivierte Schikane, und sie durften keine Panik auslösen. Immerhin war es gut möglich, dass sie sich irrten.

Rob und die anderen warteten voller Hoffnung. Dann tauchte ein Fall von Java-Salmonellen in Schottland auf und warf all ihre Überlegungen wieder über den Haufen.

*

Mrs. Nan war in dem Laden in der Nähe des Tempels und sprach mit dem jungen Mann. Heute duftete er sauber und süß nach Rosenwasser. Bestimmt ernährte er sich gut, trotzdem beunruhigte ihn etwas.

„Ich habe in letzter Zeit deinen Vater gar nicht gesehen“, sagte Mrs. Nan. „Arbeitet er nicht mehr in seinem eigenen Geschäft?“

Der Junge schüttelte den Kopf. Eigentlich war er gar kein Junge mehr. Er war ein junger Mann, der sich seiner Verantwortung bewusst war, doch für Mrs. Nan war jeder Mann unter vierzig ein Junge.

„Heute nicht, Tantchen. Es geht ihm nicht gut in letzter Zeit, wissen Sie."

„Ach, doch nicht etwa diese Salmonellen?"

Er legte den Finger auf den Mund und sah sich ängstlich um, als wäre das ein Geheimnis.

„Schon gut", sagte Mrs. Nan. „Viele Leute sind daran erkrankt. Ich habe es im Radio gehört. Also, er arbeitet nicht, bis es ihm wieder besser geht, und er rührt keine Lebensmittel aus dem Laden mehr an, für alle Fälle. Das ist gut."

Der Junge nickte. Er war erleichtert, dass sie Verständnis hatte.

„Siehst du deshalb so besorgt aus?", fragte sie freundlich.

„Nein, Tantchen, nicht deshalb. Ich mache mir Sorgen, weil eine Lebensmittelkontrolleurin bei uns war und Proben von unserem besten Paneer mitgenommen hat. Zu Untersuchungszwecken, hat sie gesagt. Sie war freundlich und hat sich für die Unannehmlichkeiten entschuldigt, aber war unnachgiebig, was die Kontrollen betrifft. Und sie hat gesagt, dass sie noch einmal zurückkommt und die Maschinen hinten kontrolliert."

„Die Leute sollten ihren Käse besser selber machen“, sagte Mrs. Nan und tätschelte seine Hand. „Und du brauchst dir keine Sorgen zu machen. Ich war heute Nachmittag in drei Läden, es ist überall dasselbe. Lebensmittelkontrolleure, die Paneerproben mitnehmen. Zahlen sie wenigstens dafür?“

„Ja.“

Sie sprachen wie zwei Geschäftsbesitzer miteinander. “Na, immerhin etwas.“

Sie lächelten einander an.

„Trotzdem fühle ich mich schuldig, Tantchen. Wir versuchen doch immer, so sauber wie möglich zu sein und alles sauber und frisch zu verkaufen.“

„Ich weiß, ich weiß. Aber du kriegst ja nicht mit, was andernorts passiert. Hattet ihr in letzter Zeit irgendwelche neuen Lieferanten?“

„Nur einen, Tantchen. Für die Speise der Götter, die abgepackten Kokosnüsse, die Sie so mögen. Ein hervorragender Lieferant, exklusiv für uns. Wir haben eine Tonne davon eingekauft. Das Etikett für die Verpackung habe ich selbst entworfen. Ich habe Papa gesagt, dass die Vermarktung wichtig ist.“

Er war wirklich ein netter Junge. Manju könnte es schlechter treffen.

Diesmal fuhr Mrs. Nan mit dem Bus nach Hause und schüttelte während der Fahrt den

Kopf. Was immer ihre Familie krank gemacht hatte, der Paneer konnte es nicht gewesen sein. Den Käse machte sie grundsätzlich selbst.

Die Zeitungen schrieben jetzt auch über die Java-Salmonellen. Die Sache war nicht mehr unter Verschluss zu halten, nachdem jemand gestorben war. Die Vergiftungen machten zwar noch keine großen Schlagzeilen, aber der Fall wurde publik. Mrs. Nan wusste, dass es in den Nachrichten kam, denn sie hörte die Lokalnachrichten am Nachmittag im Radio, wenn sie kochte. Sie verstand alles, was sie im Radio hörte, genauso wie sie alles verstand, was die Leute im Laden sagten. Sie verstand die Witze und lachte, wenn sie lustig waren. Und sie plauderte mit jedem, der nicht zum Bus rennen musste. Sie verstand Englisch perfekt, nur antworten konnte sie nicht immer, und allmählich wurde ihr klar, dass dieser Umstand sie isolierte. Ein paar nette, höfliche Menschen kamen in ihren Laden und hatten ihr die Freundschaft angeboten, doch sie hatte sie schüchtern zurückgewiesen. Nun wünschte sie, sie hätte es nicht getan.

Ihre Familie hörte nie die Nachrichten. Dazu waren sie viel zu beschäftigt. Und trotz aller Hänselei machten sie sich keine Gedanken mehr darüber, wie oder warum sie krank geworden waren. Als feststand, dass die Salmonellen nicht aus ihrer

Küche gekommen waren, und als Mrs. Nan ihre Regale gesäubert und sämtliche Lebensmittel weggeschmissen hatte, die sie vor der Krankheit gekauft hatte, fühlten sie sich wieder vollkommen sicher, und die Geschichte ging sie nichts weiter an. Sie hatten wenig Geduld mit der Bürokratie, aber ihr Vertrauen in die Staatsgewalt war rührend. Sollten doch das Gesundheitsamt und die Lebensmittelkontrolleure sich um die Sache kümmern. Mrs. Nan war die Einzige, die es genauer wissen wollte.

Und weil sie die Nachrichten hörte und beim Einkaufen mit den Leuten sprach, war sie mit die Erste, die es erfuhr. Obwohl, im Grunde hatte sie es eigentlich schon längst selbst herausgefunden.

*

Scheiße.

Der Paneer, der vegetarische Käse, den die Lebensmittelkontrolleure eingesammelt hatten, war es also nicht. Egal wie man sie behandelte, die Paneerproben in den Petrischalen wiesen partout keine Java-Salmonellen auf. Sie wiesen überhaupt keine Salmonellen auf, Punkt.

Es gab drei neue Fälle in Hertfordshire, alles Männer, zwei davon in kritischem Zustand.

Rob hatte die Computeranalyse aufgegeben und sich altmodischeren Methoden zugewandt. Er stand vor einer Tafel mit einer Landkarte, auf die er mit einem Filzstift Pfeile malte.

„Die meisten sind hier“, zeigte er den anderen, „fünfzig Prozent. Die anderen sind überall verstreut, abgesehen von den Leuten in Schottland, die für die Zeremonie in den Tempel nach London gefahren sind und anschließend bei Freunden gegessen haben. Wir haben ein paar Fälle in Leicester, aber so wie es aussieht, bestellen die meisten von denen ihre Grundnahrungsmittel über den Versandhandel. Von drei verschiedenen Läden, die sowohl den Einzelhandel wie den Großhandel beliefern. Der Hauptladen führt Taubenerbsen und schwarze Matape-Bohnen, auch unter dem Namen Toor oder Toovar bekannt, der zweite Laden verkauft Urid, Urad oder Hahan-Linsen sowie Weizengrütze, alles in Großhandelsmengen. Die lose Ware wird in Päckchen abgefüllt und losgeschickt. Ob das der Sache weiterhilft, weiß ich allerdings nicht. Wir haben nicht den geringsten Beweis“, und dabei betonte er das Wort Beweis, „dass ein Java-Salmonellen-Opfer irgendetwas von diesen Lieferungen gegessen hat. Wir wissen nur ungefähr, was sie gegessen haben, aber nicht, welche genauen Zutaten in den Speisen waren. Außerdem können wir nicht einfach in die Geschäfte platzen, vor allem nicht in einen Laden in der Nähe des

Tempels, und alles testen, was uns in die Finger kommt. Das ist nicht legal. Wir müssen zumindest einen stichhaltigen Anhaltspunkt haben, wenn wir Lebensmittel testen wollen. Wir brauchen etwas ganz Bestimmtes, nach dem wir Ausschau halten."

Rob hielt den Vortrag seinem Team, zu dem auch die Lebensmittelkontrolleure gehörten, die gerade mit öffentlichen Mitteln neue Paneerproben gekauft hatten.

Eine sanfte Stimme ertönte aus dem Hintergrund des Konferenzzimmers. Eine Lebensmittelkontrolleurin, die Chemikerin Shelima, meldete sich zu Wort. Die junge Frau war sehr still, zierlich und schlank, unscheinbar wie eine hübsche Pflanze. Sie war für ihre Intelligenz bekannt und dafür, dass sie es nicht mochte, wenn man in ihrer Gegenwart fluchte. Und sie hatte die nervende Angewohnheit, den Älteren mit großem Respekt gegenüberzutreten.

„Mr. Smith, Sir, ich glaube, Sie übersehen etwas. Die meisten Opfer und die meisten Leute in den Kontrollgruppen sind Männer."

„Richtig, Miss Shelima, doch zwischen dem Immunsystem von Männern und Frauen besteht kein wesentlicher Unterschied. Der entscheidende Unterschied ist das Alter, nicht das Geschlecht."

Die Runde am Tisch kicherte.

„Sie verstehen mich nicht“, sagte sie gelassen. „Hier geht es um asiatische Männer. Und die sind genau wie Engländer, Deutsche oder Italiener. Nur, dass asiatische Männer vielleicht noch schlimmer sind. Sie kochen so gut wie nie. Das heißt, sie wissen auch nicht, was sie essen. Oh, natürlich wissen sie, welches Gericht sie gegessen haben, ob sie beispielsweise Gemüsecurry, Byrianni-Lamm, Chapatis, Kachoris, Samosas oder Chutney zum Abendessen hatten. Und sie können sagen, ob es ihnen geschmeckt hat. Aber sie haben nicht die geringste Ahnung, welche Zutaten in ihrem Essen waren.“

Sie sah auf den Notizblock in ihrem Schoß.

„Ich würde mal sagen, dass all diese Leute zu Hause gegessen haben. Soweit ich informiert bin, sind die meisten von ihnen Hindus, die nicht viel auswärts essen. Wir haben keine Hinweise darauf, dass sie in ein Restaurant gegangen sind, geschweige denn, dass sie alle in demselben Restaurant waren, bevor sie krank wurden. Die Essen werden im Familienkreis eingenommen, aber es hat keinen Sinn, einen Mann, der krank war, oder einen Mann aus seiner Kontrollgruppe zu fragen, was er gegessen hat. Er kennt die Zutaten der Gerichte nicht, die er gegessen hat. Er wird das nie wissen, weil er es nicht wissen muss."

Sie zuckte schüchtern mit den Achseln.

Rob war vollkommen verblüfft.

„Frauen wissen das auch nicht unbedingt", fügte Shelima hinzu. „Ich bin auch mit selbstgekochtem Essen groß geworden, aber ich kann trotzdem nicht kochen. Meine Mutter wollte, dass ich es einmal besser habe. Was heißt da besser, frage ich mich."

„Sie meinen", sagte Rob, „dass wir immer noch die falschen Fragen stellen."

„Ich meine", sagte sie, „dass Sie die falschen Leute befragen. Sie sollten nicht die Opfer, sondern die Köchinnen befragen."

„Blödsinn", sagte Rob.

„Ich bin diese Woche bei der Familie Nanyrian zum Essen eingeladen. Sie finden sie unter dem Buchstaben N auf Ihrer Liste", sagte Shelima leise.

„Ich werde mich mal mit der Köchin unterhalten. Vielleicht hat sie ein paar neue Ideen für uns."

„Blödsinn", wiederholte Rob. „Wir brauchen keine neuen Ideen, sondern Fakten und wissenschaftliche Ergebnisse."

„Wir brauchen neue Ideen", sagte die Chefin. „Wir müssen herausfinden, was die Leute essen."

Auf dem Heimweg holte sich Rob eine Pizza von einem Schnellimbiss. Es war eine American-Hot-Pizza, die mit Salami, Paprikaschoten, Tomaten, Kräutern belegt war und noch etwas anderem, das ihm hinten im Rachen brannte. Allein der Anblick der Farben auf der Pizza verursachte ihm Schwindel, und er konnte sie nicht mehr essen. Er wusste auch nicht, welche Zutaten in der Pizza waren.

*

Der Abend der Einladung war gekommen, alles lief zur Zufriedenheit, und Mrs. Nan begann sich zu entspannen. Obwohl ihr die schreckliche Zwanglosigkeit gar nicht behagte, mit der ihr Sohn einfach seine Freundin mit nach Hause brachte, ohne dass sie vorher ihre Eltern kennen gelernt hatten. Aber sie musste zugeben, dass es eine ganz gute Sache war. Wenn das Mädchen Didi auch dann noch mochte, nachdem es gesehen hatte, wie er sein Essen hinunterschlang, dann war es vermutlich ein gutes Kind. Mrs. Nan hatte sich die ganze vergangene Woche viele Gedanken gemacht, doch die kreisten keineswegs ausschließlich um das Menü. Gemäß Didis Wunsch hatte sie etwas Besonderes vorbereitet, aber sie würde verdammt noch mal nichts kochen, das spezieller war als das, was sie ihnen jeden Tag servierte. Sie wusste, dass sie abgelenkt war, während die anderen weiter im alten Trott zu verharren schienen. Am frühen Abend bräunte Mrs. Nan Knoblauch in ihrer tiefen Eisenpfanne, gab Zucker und Auberginenscheiben dazu, salzte das Ganze und tupfte die Auberginen trocken, damit sie den bitteren Geschmack verloren. Dann fügte sie dem Ganzen eine Mischung aus geheimnisvollen Blättern und Kräutern, Nüssen und Samen hinzu. Es würde großartig schmecken.

Als Vorspeise hatte sie Papadums und Chutney vorgesehen. Gerichte, zu denen man sich unterhalten konnte.

Gewisse Zutaten verwendete sie jedoch nicht.

Nein, um das Essen machte sie sich keine Sorgen. Das würde schon einen guten Eindruck machen. Worüber sie sich Sorgen machte, war das zu erwartende Verhalten ihrer Kindern und vermutlich auch das ihres Ehemanns. Mit Freude hatte sie am vorherigen Abend bemerkt, dass der sonst so

arrogante Didi nervös wurde, weil er seine Freundin mit nach Hause brachte. Das belustigte sie und auch Manju, die für das Treffen bereits ihre kleinen Klauen wetzte. Mr. Nan sagte nichts, aber Mrs. Nan hatte Angst, er könnte sich wie ein selbstgefälliger Großvater aufführen, dumme Witze erzählen oder die falschen Fragen stellen, wie er das manchmal bei Fremden tat. Und wie sollte sie sich verhalten? Wenn alle Stricke rissen, musste sie sich eben albern benehmen. Das war immer noch besser, als wenn sie selbst nervös wurde. Doch plötzlich war für solche Überlegungen keine Zeit mehr. Schließlich war es nur eine zwanglose Einladung, und Didi konnte schon Ende nächster Woche eine neue Freundin haben. Doch tief in ihrem Inneren hoffte Mrs. Nan, dass dem nicht so war. Didi brauchte eine Frau, damit ein Mann aus ihm wurde.

Als Shelima und Didi hereinkamen, gefiel Mrs. Nan zunächst ihr Aussehen nicht sonderlich. Sie war sogar noch dünner als Manju und sah aus, als würde sie nie etwas zu essen bekommen. Doch sie hatte eine schöne Haut, glänzendes Haar und strahlende Augen. Sie grüßte höflich und hatte für Mrs. Nan Blumen mitgebracht. Sie hatte gute Manieren, war respektvoll, ohne dass man das Gefühl bekam, sie wäre lieber woanders. Mr. Nan sagte nur so etwas wie „Ha, ha, ha" und klopfte ihr auf den Rücken. Manju hatte ein schneidendes Lächeln aufgesetzt, blieb aber ebenfalls höflich. Shelima sprach ungezwungen, aber nicht zu viel, bewunderte die Einrichtung und machte es ihren Gastgebern so leicht, dass sie sich alle setzten und sich so lange im Zimmer vor der Küche unterhielten, bis Mrs. Nan roch, dass etwas angebrannt war.

Es war kein Weltuntergang und auch nichts, was Koriander, großzügig auf dem Auberginencurry garniert, nicht hätte richten können. Der Chilisalat mit seiner vielfältigen Farbenpracht war bildschön. So weit, so gut, selbst mit dem leicht Angebrannten, bis Mrs. Nan bemerkte, dass Didi immer noch ein wenig nervös war, und nach und nach begriff, warum. Ihr fiel auf, dass Didi sie immer, wenn sie das Wort an das Mädchen richtete, unterbrach und die Sätze für sie beendete, bevor sie noch die Gelegenheit dazu hatte. Sie meint, sagte er und führte sich dabei auf wie ein Dolmetscher. Er sagte noch nicht einmal, Mama meint, sondern einfach nur, sie meint. Und wenn er nicht einsprang, dann tat es Mr. Nan und beendete ihre Sätze für sie. Er wollte nicht, dass sie etwas sagte. Niemand wollte das. Sie schämten sich für sie. Sie verstummte.

Manju übernahm die Rolle der Gastgeberin und schwätzte aufgeregt drauflos.

„Schmeckt Ihnen der Salat, Shelima?"

„Oh ja, sehr sogar. Mir schmeckt wirklich alles."

Und das tat es auch. Das Mädchen war zwar dünn wie eine Garnele, aber es langte kräftig zu. Mrs. Nan schloss sie immer mehr in ihr Herz und hätte sich gerne mit ihr unterhalten, wenn sie hätte sprechen dürfen. Sie selbst hatte keinen Appetit.

„Gut. Lassen Sie es sich schmecken, aber seien Sie froh, dass heute nicht einer der Tage ist, an denen Mama uns vergiften will!"

„Das tut sie nämlich manchmal", sagte Didi.

Beide lachten lauthals, und Mr. Nan lehnte sich zu Mrs. Nan hinüber und tätschelte sie am Kopf. Sie lächelte pflichtbewusst, während sie innerlich kochte. Zugleich merkte sie, dass das Mädchen nicht lächelte und es scheinbar gar nicht lustig fand. Stattdessen kaute Shelima langsam zu Ende und sagte dann auf eine so nette Art, dass es nicht wie eine Zurechtweisung klang: „Wenn ich so etwas zu meiner Mutter sagen würde, dann würde sie mich vermutlich aus dem Haus jagen. Das Essen ist wunderbar, und ihr könnt euch alle sehr glücklich schätzen."

Drei volle Sekunden lang herrschte Schweigen, bevor das Gespräch wieder seinen Lauf nahm.

Sprachlos vor Dankbarkeit, flüchtete Mrs. Nan in die Küche.

Als sie das Zitronensorbet und den Mandelkuchen gegessen hatten, meinte Shelima, dass sie beim Abräumen helfen wolle. Es sei das Mindeste, was sie tun könne, wie sie sagte. Mrs. Nan protestierte kurz, um die Form zu wahren, dann gab sie nach. Manju grinste spöttisch. Warum musste Shelima sich auch so bei Mama anbiedern?

„Das ist wirklich nicht nötig", sagte Didi.

„Aber ich möchte gerne die Küche sehen", sagte Shelima und sah ihn dabei bedeutungsvoll an. „Und mit deiner Mama sprechen, schließlich will ich kochen lernen."

Für dich, sagte sie nicht, doch die Worte lagen in der Luft, und Didi lächelte zufrieden. Shelima schloss die Tür hinter ihnen.

„Ich mag Ihre Küche, Tantchen. Sie ist so ruhig und freundlich. Hier ist nur Platz für eine Köchin."

Mrs. Nan lächelte ihr zu. Die Demütigung vorhin beim Essen machte ihr immer noch zu schaffen, aber sie war froh, dass das Mädchen auf sie zuging. Trotzdem brachte sie kaum ein Wort über die Lippen.

„Gehört das hierhin?"

Shelima half beim Abtrocknen der Pfannen. Mrs. Nan war nicht ganz wohl dabei, dass ein Gast ihr half, gleichzeitig tat es ihr aber auch irgendwie gut.

„Warum lassen sie Sie nie Ihre Sätze zu Ende sprechen, Tantchen?"

Darauf zu antworten, kam Mrs. Nan wie das Normalste der Welt vor. „Sie haben Angst, dass ich vielleicht etwas Dummes fragen und Sie denken könnten, dass ich dumm bin. Oder dass ich zu viel lache."

„Wie albern. Als Köchin darf man nicht dumm sein, man muss klug sein. Wie lange braucht man, um so kochen zu lernen wie Sie? Zwanzig Jahre? Ich brauche nur vier Jahre, um Chemikerin zu werden. Ein Witz."

„Didi sagt, dass Sie Lebensmittelchemikerin sind", sagte Mrs. Nan schüchtern. „Was heißt das?"

„Das bedeutet, dass ich bis ins letzte Molekül alles über die Beschaffenheit von Lebensmitteln weiß. Und ich kontrolliere die Lebensmittel in den

Geschäften. Es bedeutet auch, dass ich überhaupt nicht kochen kann, Tantchen."

„Lernen Sie das bloß nicht, mein gutes Kind. Lernen Sie es niemals."

Plötzlich kicherten sie beide los, taten aber so, als müssten sie husten, damit man nebenan nichts davon hörte. Sie wuschen weiter das Geschirr, trockneten ab und räumten auf.

„Ich schäme mich für meine Unwissenheit, Tantchen. Verwenden Sie jeden Tag dieselben Zutaten?"

„Meistens, aber es kommt immer etwas anderes dazu."

„Sagen Sie mir, welche Zutat verwenden Sie am häufigsten, was tun Sie in die meisten Gerichte? Es muss eine Zutat sein, die nur eine Köchin kennt und sonst niemand, besonders die Männer nicht."

Mrs. Nan seufzte. „Sie wollen also auch nur wissen, ob Sie hier etwas gegessen haben, das Sie womöglich vergiftet hat?"

Shelima lachte. „Nein, Tantchen. Und falls ich tatsächlich vergiftet worden bin, dann sterbe ich glücklich nach solch einem Essen."

Auf einmal fühlte Mrs. Nan sich richtig wohl und gesprächig.

„Was hat Ihnen am besten geschmeckt? Didi, wissen Sie, der ist ganz verrückt nach Chutneys. Genau wie Manju und ihr Vater. Wenn ich es zuließe, würden sie die ganze Zeit nur Brot und Chutney essen. Sie rühren keinen Salat an, wenn ich ihn ihnen nicht vor die Nase setze. Am Abend bevor sie krank geworden sind, bevor ich sie angeblich vergiftet habe", sagte sie bitter, „da habe ich Didis Lieblings-Chutney gemacht. Kokosnuss und Koriander. Er nennt es immer das grün-weiße Zeug! Nur habe ich an dem Tag ein bisschen gemogelt und getrocknete Kokosnuss von einem neuen Lieferanten benutzt, und dafür werde ich jetzt bestraft. Mit frischer Kokosnuss schmeckt es viel besser."

Plötzlich war sie unsagbar müde und musste sich zusammenreißen, um weiterzureden. Was für ein nettes Mädchen diese Shelima doch war. Sie war zu gut für Didi.

„Aber Sie haben mich nach den Zutaten gefragt. In ein Gericht gehören viele Zutaten hinein, sie geben dem Essen den Geschmack und machen es reich an Eiweiß. Aber man schmeckt nicht immer heraus, welche Zutaten für ein Gericht verwendet wurden. Frische Kokosnuss, Kokosnussmilch, getrocknete Kokosnuss, aber auch vieles andere. Wer weiß schon, was für Samen und Kräuter in einer Speise sind? Meine Familie bestimmt nicht."

„Und bei diesem Chutney-Rezept, wird die Kokosnuss da gekocht?"

„Nein, nur erwärmt, nicht gekocht. Ich sage Ihnen, mein Kind, lernen Sie lieber nicht kochen. Dafür erntet man keinen Respekt."

Sie schickten sich an, wieder zu den Männern und Manju zurückzukehren, die gerade mit lauter Stimme irgendetwas zum Besten gab.

„Das stimmt nicht, Tantchen. Man wird für das Kochen respektiert. Ich respektiere Sie. Haben Sie denn schon einmal darüber nachgedacht, was für eine Macht Sie durch das Kochen haben?"

„Macht? Ich? Was für eine Macht soll ich schon haben?"

„Ich untersuche Lebensmittel, Tantchen", sagte Shelima. „Und ich kann Ihnen sagen, eine Köchin hat alle Macht der Welt."

Vier Tage später ging Mrs. Nan wieder in den Laden in der Nähe des Tempels. Zuerst betete sie, dann ging sie in das Geschäft.

Der Laden war geschlossen. An der Tür hing ein Schild mit der Aufschrift HEUTE GESCHLOSSEN. So ging das nicht, also klopfte Mrs. Nan an die Tür. Nach einiger Zeit kam der Junge heraus.

„Wenn ihr in Schwierigkeiten seid", sagte sie zu ihm, „dann hättet ihr mich rufen sollen."

Er nickte und ließ sie herein. Sein Atem roch nicht nach Whisky. Ein wirklich guter Junge. Und er musste unbedingt mit jemandem sprechen.

Im hinteren Teil des Ladens waren Männer in weißen Kitteln, die Säcke mit getrocknetem Kokosnusspulver fortschleppten. Sie konnte sich bei dem Anblick säckeschleppender Männer ein Lächeln nicht verkneifen und atmete die trügerische Süße der Luft ein.

„Wir haben eine ganze Tonne von dem neuen Lieferanten bekommen", sagte der Junge. „Es sieht wunderbar aus, es riecht süß, aber es ist verdorben, Tantchen. Durch etwas an den Händen der Leute, die es verpackt haben, sagen sie."

„Und ihr habt die getrocknete Kokosnuss noch in eure eigenen hübschen Kartons verpackt und uns damit in Versuchung geführt."

„Ja, so läuft das Geschäft. Wir hatten keine Ahnung, dass es verdorben war."

„Der neue Lieferant, war er billiger?"

„Ja."

„Es lohnt sich nicht immer, billiger einzukaufen."

„Nein. Sie haben es untersucht. Sie sagen, es ist voll von Salmonellen."

„Hör zu", sagte Mrs. Nan zu ihm, „das ist nicht eure Schuld, und irgendwann wird alles besser. Es muss auch schlechte Zeiten geben, bevor es wieder gut wird, und manchmal auch andersherum. Ich werde meine Lebensmittel von jetzt an nur noch bei euch kaufen."

„Danke, Tantchen, danke."

„Keine Ursache. Was wird noch passieren?"

„Wir müssen es öffentlich bekannt geben und die ganzen getrockneten Kokosflocken zurückholen, die wir abgepackt haben. Die Lebensmittelkontrolleure holen den Rest ab und verbrennen ihn. Und wir müssen den Leuten ihr Geld zurückgeben. Das ist nicht so schlimm. Wirklich schlimm ist, dass wir etwas verkauft haben, das die Leute krank gemacht hat."

Sie tätschelte seine Hand.

„Nichts ist für immer schlimm. Sobald die Sache hier vorbei ist, kommst du mal zu mir nach Hause zum Essen."

Mrs. Nan hörte es im Radio. In ihrer Familie hörte es keiner, sie waren einfach zu beschäftigt. Überall in den Geschäften hingen Schilder und Zettel, es wurden Briefe an Kunden verschickt, die im Versandhandel bestellt hatten, in der lokalen Presse waren Anzeigen zu lesen: BITTE BRINGEN SIE ALLE PAKETE MIT GETROCKNETER KOKOSNUSS MIT MEERMOTIV UND PALME ZURÜCK.

Mrs. Nan hatte einen der Zettel bekommen, im Laden beim Tempel hingen sie überall in fünf verschiedenen Sprachen aus. Niemand aus ihrer Familie ging jemals in diesen Laden. Ihre Kinder kauften sich lieber Kleider. Weder sie noch Mr. Nan gingen jemals Lebensmittel einkaufen oder kriegten mit, was in den Lebensmittelgeschäften geredet wurde. Sie wussten nichts von der getrockneten Kokosnuss, und Mrs. Nan erzählte ihnen auch nichts davon.

Shelima schrieb ihren Bericht: Die Verkaufsstelle wurde ordnungsgemäß untersucht. Alle Berichte ergaben, dass sie ordnungsgemäß gesäubert und desinfiziert wird. Nichts deutet auf den fahrlässigen Import verdorbener Ware durch den Besitzer hin. Von einem weiteren Vorgehen kann abgesehen werden.

Und im Büro lobte die Chefin Rob für seine Vorstellungskraft.

„Kokosnuss?“, fragte sie. „Getrocknete Kokosnuss aus Thailand? Wer hätte das gedacht?“

Zu Hause kochte Mrs. Nan auch weiterhin an den Nachmittagen. Ihre Freundin Shelima kam manchmal zum Plaudern vorbei oder zu einer gelegentlichen Chutney-Kochstunde. Sie gestand Mrs. Nan, dass sie Didi sehr mochte, aber denke, dass er noch ein wenig erwachsener werden müsse, bis er reif für die Ehe sei, und dass sie keine Eile mit dem Heiraten habe. Mrs. Nan pflichtete ihr bei.

Sie deutete gegenüber Manju an, dass es da einen netten jungen Mann in einem Laden in der

Nähe des Tempels gab, den sie vielleicht kennen lernen sollte, weil nette junge Männer nicht leicht zu finden waren. Doch Manju wies den Vorschlag sofort weit von sich. Sie wollte niemanden kennen lernen, der in einem Laden arbeitete. Sie träumte davon, einem berühmten Musiker zu begegnen. Mrs. Nan fand, dass auch ihre Tochter noch erwachsener werden musste. Sie hatte ihre Kinder wirklich zu sehr behütet.

Als die Wochen ins Land gingen, merkte Mrs. Nan, dass sie sich mit dem Essen nicht mehr so viel Mühe gab wie früher. An manchen Tagen war es schnell zusammengeworfen, weil sie sich zu einem Yoga-Kurs angemeldet hatte und keine Zeit zum richtigen Kochen gehabt hatte. Ihre Familie fing an, sich zu beschweren. Es war wirklich nicht leicht, sie zufrieden zu stellen. Sie merkten nicht, wenn das Essen hervorragend war, sondern nur, wenn es das nicht war.

„Was ist denn das, Mama? Fertigeis aus dem Laden? Was kommt wohl als Nächstes?"

„Mrs. Nan, du gibst zu viel Geld für das Essen aus. Ist es nicht billiger, wenn man es selbst macht? Denkst du, ich habe das Geld erfunden? Seit wann kaufst du das Brot und backst es nicht selbst?"

„Mama, dieses Samosa schmeckt wie Pappe. Möchtest du, dass wir zu McDonald's gehen?

Warum gehst du zum Yoga, Mama, statt dich um uns zu kümmern? Gehst du zum Yoga, weil du abnehmen willst?"

„Ich mache Yoga, damit ich ruhiger werde", sagte Mrs. Nan.

Und tatsächlich war sie ruhiger geworden. Darum blieb sie auch ruhig, als Manju ihr an den Kopf warf, was für eine dumme alte Frau sie doch sei, die nicht einmal mehr kochen könne.

Jeden Abend prüfte sie das Regal mit den getrockneten Lebensmitteln, um zu sehen, was sie am nächsten Tag zu besorgen hatte. Und jedes Mal kontrollierte sie dabei, ob das eine Kilo getrocknete Kokosnuss noch immer hinten im Regal versteckt war. Das mit dem schönen, glänzenden Etikett mit der Palme am Meer. Das Päckchen, das sie trotz der Warnungen und dem Wissen über seinen

tödlichen Inhalt nicht in den Laden zurückgebracht hatte.

Was hatte Shelima noch gesagt? Eine Köchin hat große Macht.

Mrs. Nan wusste genau, wie sie die getrockneten Kokosnussflocken einsetzen würde, falls es notwendig wurde. Wenn sie mit ihrer Respektlosigkeit zu weit gingen und eine Lektion brauchten.

*

Und hier ist das Rezept für Mrs. Nans Kokos-Koriander-Chutney. Jedes Mal ist es ein wenig anders. Mrs. Nan wiegt die Zutaten nicht ab, sondern kocht jedes Rezept so oft, bis sie weiß, dass es stimmt. An dem Donnerstag, als die Familie das letzte Mal Kokos-Koriander-Chutney gegessen hatte, war für sie nichts übrig geblieben:

- *ein großer Löffel Öl*
- *ein paar Kümmelsamen*
- *ein paar schwarze Senfsamen*
- *ein wenig selbst gemischte Gewürze*
- *in Streifen geschnittene Curryblätter, entweder frisch oder gefroren*
- *viel frisch geriebene Kokosnuss, bei sechs Personen mindestens zwei Tassen, oder vier, wenn ein gefräßiger Mann dabei ist. (Sollten*

Sie getrocknete Kokosflocken verwenden, weichen Sie sie vorher in Wasser ein.)

- *frische, zerkleinerte Korianderblätter*
- *bei Bedarf zerdrückter Knoblauch*
- *Kokosnussmilch und Limonen- oder Zitronensaft*

Das Öl in einer schweren Pfanne erhitzen und die ersten drei Zutaten so lange kochen, bis die Senfsamen aufspringen und es „fertig" riecht. Dann die weiteren Zutaten vermischen, aber nicht zu lange. Schließlich alles zusammenmixen.
Das Chutney kann flüssiger oder fester sein, je nachdem, ob man es lieber in eine Form geben oder mit dem Löffel essen möchte. Die festere Variante eignet sich wunderbar, um es mit Chapatis oder Samosa zum Mittagessen mit in die Lunchbox zu packen. Nicht einfrieren.

FRANCES FYFIELD

DAS MISSGLÜCKTE GESCHENK

„Er hat mir immer noch kein Weihnachtsgeschenk gebracht“, sagte Maria Smythe am Telefon zu ihrer Mutter. Während sie sprach, schaute sie zum Spiegel auf der anderen Seite des Flurs und bemerkte, wie das Licht die goldenen Akzente in ihrem Haar schimmern ließ, sie registrierte den guten Sitz ihrer eleganten schwarzen Hose, die perfekt ihre Figur betonte. Die drei Termine im Fitnessstudio jede Woche und eine kalorienarme Diät, die sie auch ihrer Familie predigte, zahlten sich wirklich aus. Eine Frau durfte sich eben niemals gehen lassen.

„Er arbeitet hart“, sagte sie mit ihrer sanften Stimme. „Und er wird vergesslich. Obwohl, eigentlich war er schon immer vergesslich. Glaubst du, dass er eine Affäre hat?“

„Um Gottes willen, nein! Kein vernünftiger Mann würde bei so einer Frau wie dir und einem solchen Haus eine Affäre haben. Du bist alles, was er sich nur wünschen kann, und die Mutter seiner Kinder. Sei nicht albern. Woher willst du wissen, dass er noch kein Geschenk für dich hat?“

Maria seufzte.

„Weil heute Heiligabend ist und er noch nie so lange damit gewartet hat. Das ist so etwas wie eine Tradition bei uns, weißt du. Er kauft mir immer ein paar Kleinigkeiten, die er unter den Baum legt,

Negligés, Schuhe, solche Dinge eben. Nichts Geheimes. Das eigentliche Geschenk aber ist immer ein Schmuckstück, er weiß, wie sehr ich Schmuck liebe. Im Dezember besorgt er mir immer irgendetwas und versteckt es dann im Haus. Ich merke immer sofort, wenn er es gekauft hat, weil er dann diese selbstgefällige, zufriedene Mine aufsetzt. Armer Liebling, meistens weiß ich sogar, wo er das Geschenk versteckt. Letztes Jahr hat er mir einen Saphirring geschenkt. Ich hatte eigentlich auf die dazu passenden Ohrringe gehofft."

„Na ja, vielleicht hat er nur seine Gewohnheiten geändert. Aber ganz bestimmt hat er sich nicht von irgendeinem Mädchen ablenken lassen. Himmel noch mal, er ist fünfundfünfzig. Zwanzig Jahre älter als du, der Glückliche. Und wann sollte er schon die Gelegenheit dazu haben? Er arbeitet Tag und Nacht und rennt dann nach Hause. Außerdem würde Bunny dir sofort erzählen, wenn irgendetwas nicht stimmt. Ich finde, du bist ein wenig zu kleinlich."

Maria wandte sich vom Spiegel ab und sah zum Fenster hinaus. In der Abenddämmerung konnte sie das Nachbarhaus erkennen. Es war ebenfalls ein großes Haus, jedoch nicht so stattlich wie ihres. Knallige Weihnachtsdekoration glitzerte durch die Fenster. Maria genoss es, dass ihnen das größte

Haus in einer so schönen Straße genau in der richtigen Gegend gehörte. Sie wurde gerne beneidet, zudem hatte ihre Mutter vollkommen Recht. Donald würde nie etwas anderes wollen, als zu arbeiten und dann heimzukommen und ihren Reichtum zu genießen, das stand außer Frage. Sie musste sich keine unnötigen Sorgen machen und brauchte nicht kleinlich sein. Sie konnte sich Großzügigkeit leisten. Sie sah gut aus, hatte die ansprechende Figur eines Models und ein wunderschönes Zuhause. Maria starrte auf die glänzende Fläche des polierten Parkettfußbodens, der ins Wohnzimmer führte, wo der Christbaum stand, der nur äußerst spärlich mit schmalen Silberbändchen dekoriert war. Mehr Weihnachtsschmuck wäre vulgär. Später würden sie hier ihre Geschenke auftürmen. Das heißt Donald und die beiden Jungs. Jeder würde vor dem Zubettgehen zwei Geschenke öffnen, die anderen erst am nächsten Morgen. Sie waren eine Familie mit Traditionen, die sie ihnen vermittelt hatte. Die Freunde ihres Mannes beneideten Donald um seine schöne Gattin, ihre Frauen hingegen beneideten sie um ihr schönes Heim. Der morgige Tag würde einfach perfekt werden.

„Natürlich arbeitet er viel“, sagte ihre Mutter. „Schließlich ist er der Aufsichtsratsvorsitzende seiner Firma. Er muss viel arbeiten. Die Zeiten sind hart. Liest du denn keine Zeitung? Wenn er sich teuren Schmuck leisten will, muss er viel arbeiten. Für Ablenkung hat er gar keine Zeit. Ich habe dir ja gesagt, was du tun sollst. Du hast alles gut unter Dach und Fach gebracht."

Ihre Mutter hatte Recht. Donald hatte sich immer ein solches Heim und eine Frau wie sie gewünscht. Und trotzdem störte sie diese Bagatelle mit dem Weihnachtsgeschenk. Sie hatte sich ihre Saphirohrringe verdient. Maria legte den Hörer auf und ging in die Küche. Sie überflog ihre Liste, um sicherzugehen, dass sie nichts vergessen hatte. Das Weihnachtsessen würde dieses Jahr etwas anders ausfallen: eine schöne Überraschung und unglaublich gesund für alle. Sie hatte Sorbet zum Nachtisch geplant, das war viel leichter als Weihnachtspudding. Diesmal würde es ein gesundes Festmahl werden, mit vielen köstlichen, fettarmen Delikatessen. Sie sorgte sich um Donalds Herz. Er hatte zugenommen, und außerdem wurde er auch nicht jünger. Armer Liebling, wie sehr er sie doch brauchte. Sie holte die Lasagne, die sie schon für das Abendessen vorbereitet hatte, aus dem Kühlschrank und machte den Salat fertig, wobei sie alles, was sie benutzte, gleich spülte und wieder aufräumte. Das Haus war ruhig. Ihre beiden Söhne, Mark, elf, und Tim, dreizehn, saßen oben in ihren Zimmern vor ihren Computermonitoren. Und auch das war eine Art Tradition in diesem Haushalt: In ihren großen Zimmern durften die Jungs tun und lassen, was immer sie wollten, solange ihr unordentliches Chaos da blieb, wo es war, und sich nicht im Rest des Hauses ausbreitete. Nur bestimmte festgelegte Bereiche durften unordentlich sein, und zwar die Zimmer der Jungs und die Waschkammer hinter der Küche, in der die Wäsche gewaschen und der Müll bis zur Abholung abgestellt wurde. Marias oberstes Gebot war es, ihre Figur in Form und das Haus in Ordnung zu halten. Auf diese Weise konnte sie am besten die Gesundheit und das Glück ihrer Familie bewahren. Sie wusste, was am besten für sie war. Irgendjemand musste es ja wissen. Ehefrau zu sein war eine Kunst, die sie voll und ganz beherrschte.

Trotzdem war da immer noch dieses unangenehme Kribbeln. Jede Frau wusste, dass ihr Ehemann

Kontrolle brauchte. Männer blieben eben Männer, und sie vergaßen manchmal, was für ein Glück sie hatten. Während Maria den Kopfsalat wusch, dachte sie an die Zeit vor fünf Jahren zurück, als sie wegen einer persönlichen Assistentin, die Donald gefördert hatte, wirklich Grund zur Sorge gehabt hatte. So eine süße, kleine und äußerst gepflegte Brünette, ein Computergenie, nett, charmant und sehr gescheit. Donald hatte viel zu viel von ihr erzählt. Stets hatte Maria Donald dazu ermutigt, von seiner Arbeit zu erzählen. Sie hatte allen Grund, sich wegen solch einer niedlichen kleinen Brünetten Sorgen zu machen, schließlich war sie selbst vor all den Jahren genauso eine Sorte Sekretärin gewesen. Sie hatte damals eine andere Frisur getragen und an einem anderen Schreibtisch gesessen, bevor sie den überarbeiteten, übergewichtigen und gestressten Donald Smythe vor seinen eingefleischten Junggesellengewohnheiten gerettet und ihn geheiratet hatte, weil sie wusste, dass sie perfekt zueinander passten: Sie hatte Klasse und Stil, er hatte Verstand und kein bisschen Klasse oder Stil. Sie brauchte ihn nur zu lieben und ihre eigene Art von zivilisierender Schönheit in sein Leben zu bringen.

Aber Männer waren eben Männer, und deshalb musste die clevere Brünette verschwinden. Maria hatte ein ernstes Gespräch unter vier Augen mit ihr

geführt, und seltsamerweise wechselte die junge Frau daraufhin die Firma. Niemand wusste, warum. Dann hatte Maria angeboten, bei der Suche nach einer neuen persönlichen Assistentin für ihren Mann zu helfen. Er war viel zu beschäftigt, um sich selbst um so etwas zu kümmern, und die Angelegenheit war zu wichtig, um anderweitig delegiert zu werden, nicht wahr, Liebling? Und so war sie auf Bunny gestoßen. Bunny war einfach wunderbar. Maria musste lachen bei dem Gedanken, was die Agentur gesagt hatte, die ihr Bunny vermittelte. Sie glaubten nicht, dass Bunny die Richtige wäre. Bunny, meinten sie, würde einfach nicht in ein von Architekten durchgestyltes Büro passen.

Arme, liebe Bunny, eine unverheiratete Dame, mindestens fünfzig, mit der Figur eines Hochseedampfers. Aber nicht einer der Dampfer, die mit einer Champagnerflasche vom Stapel gelassen werden, sondern eher ein Öltanker. Gekräuselte Haare, ein übergroßer Busen, fürchterliche Schuhe und graue Strickjacken. Sie saß am Schreibtisch vor Donalds Büro in ihrem eigenen Arbeitszimmer wie ein großer, schlampiger, immerzu lächelnder Schutzengel, leicht heruntergekommen, ohne dass es ihr etwas ausgemacht hätte. Sie war stets für ein Schwätzchen zu haben und vergaß nie etwas. Bunny hatte wunderschöne Augen und ein gewinnendes Wesen, auch wenn es niemand wagte, sich mit ihr anzulegen. Sie hörte jedem zu. Es war ungeheuer angenehm für Maria, wenn sie Bunnys beruhigende Stimme am Telefon hörte und wusste, dass sie ihr über jede Minute in Donalds Tagesablauf Auskunft geben könnte, falls sie je danach fragen würde. Und es war ein gutes Gefühl für Maria, dass Bunny immer wie eine Zuckerschnecke aussah, wenn sie einmal in der Woche im Büro vorbeikam, um Donald zum Mittagessen abzuholen. Marias Mutter hatte Recht. Falls Donald auch nur im Entferntesten daran gedacht hatte, etwas mit einer jungen Frau anzufangen, dann hätte Bunny es verhindert.

Maria sah auf ihre Liste, auf der alle Zutaten für das Weihnachtsessen standen. Sie wiederholte das Rezept für den Hauptgang:

Truthahnstücke.
Acht gehäutete Putenbrustfilets.
Acht zerquetschte Knoblauchzehen.
Vier große Karotten und fünf große Lauchstangen, in kleine Stückchen geschnitten.
Gewürze: Salz, Pfeffer, ein wenig Öl, ein Schuss Balsamico-Essig.
Backpapier oder Aluminiumfolie zum Einhüllen (wenn möglich, fettundurchlässig).

Zubereitung:
Das Gemüse mischen. Ein Drittel davon in die Mitte der Truthahnstücke geben. Putenbrust darüber legen. Das verbliebene Gemüse darüber verteilen. Im vorgeheizten Ofen dreißig Minuten braten. Direkt heiß aus dem Ofen servieren.
Köstlich! Und nur hundertsiebzig Kalorien pro Portion!

Sie bereitete acht Portionen zu, damit jeder, der wollte, zweimal zugreifen konnte. Dazu überbackene Kartoffeln in Brühe, nicht in Sahnesoße, und als gelungene Abrundung reichlich grünes Gemüse.

Alles war unter Kontrolle, aber während sie noch an Bunny dachte, fiel Maria eine Weihnachtstradition ein, die sie dieses Jahr völlig vergessen hatte. Der Gedanke kam ihr, weil ihr einfiel, dass Bunny niemals etwas vergaß, und sie fühlte sich ein wenig schuldig, als sie den Salat in die Holzschüssel gab und sich erneut fragte, ob Donald wohl ihr Geschenk vergessen hatte. Dann kam er nach Hause.

„Möchtest du einen Drink, Liebling?“, rief sie fröhlich, begrüßte ihn an der Tür und nahm ihm den Mantel ab. Sie beschloss, die Tatsache zu ignorieren, dass er vielleicht schon einen oder zwei Drinks gehabt haben könnte und noch später als gewöhnlich heimkam. Schließlich war Weihnachten, und nörgelnde Ehefrauen waren genauso vulgär wie knallrote Weihnachtsdekorationen. Er küsste sie auf die Wange, strich sich fröhlich und gedankenverloren über die Taschen und sah sie mit einem besorgten Lächeln an.

„Das Abendessen ist gleich fertig“, sagte sie. „Und danach zwei Geschenke, in Ordnung?“

Wie immer kamen die Jungs, vom Geruch des Essens angezogen, aus ihren Zimmern herunter. Essen war das Einzige, was sie von ihren Bildschirmen weglocken konnte, und Maria musterte sie liebevoll. Sie sahen rundum gesund aus, obwohl Tim vielleicht ein wenig zu mollig war.

„Möchtest du wirklich noch eine Portion, Tim?“

„Ja bitte, Mama.“

„Vorausgesetzt, wir sind uns über den Ablauf des morgigen Tages im Klaren. Das sind wir doch?“, fragte sie. „Frühstück, wann immer ihr wollt, aber wenn die Nachbarn um halb zwölf auf einen Drink vorbeikommen, möchte ich, dass ihr gewaschen und ordentlich angezogen seid. Und bitte, Donald, gieß den Leuten nicht wieder so viel ein wie letztes Jahr. Wir wollen ja nicht, dass sie ewig bleiben. Mittagessen dann um zwei, anschließend die restlichen Geschenke, in Ordnung? Danach können wir es uns bequem machen.“

„Wer kommt zum Mittagessen?“, fragte Mark mit vollem Mund und ohne wirkliches Interesse.

„Niemand“, sagte sie scharf. „Nur wir.“

„Aber ...“

„Kein Aber. Ich habe einfach vergessen, jemanden einzuladen.“

Sie räumte den Tisch ab, um davon abzulenken, dass die Familie (nun ja, eigentlich eher sie) für gewöhnlich irgendjemanden, der alleine war, zum Weihnachtsessen einlud. Jemanden, dem es nicht so gut wie ihnen ging, weil es eben einfach unfair war, dass sie so privilegiert waren und so viel genießen konnten, während andere so wenig hatten. Es beunruhigte sie, dass sie tatsächlich die Einladung vergessen hatte, aber die anderen schien es nicht zu kümmern.

Tim, der klügere der beiden Jungs, sah auf seine Uhr.

„Zeit für die Geschenke“, sagte er.

Donald sah besorgt aus. Maria wandte sich ihm zu und lächelte. Immerhin war er der Herr im Haus.

„Können wir?“, fragte sie ihn.

„Ich denke mal, wir kommen nicht darum herum.“

Sie versammelten sich vor dem Weihnachtsbaum, unter dem riesige, unförmige Geschenkstapel für die Jungs, ein großer Stapel für Mama und ein kleinerer für Papa lagen.

„Wie reich wir beschenkt worden sind“, sagte Donald etwas zu überschwänglich und laut, was ihm manchmal passierte, wenn er in Sorge war. Und Donald war unglaublich besorgt. Irgendwo in diesem Haus war ein Geschenk mit einem Kleidungsstück, in dessen Tasche etwas Kleines steckte. Wenn seine Frau es fand, dann würde sie ihn entweder auf der Stelle ermorden oder langsam vergiften. Das Geschenk war nicht für sie bestimmt, und es konnte auch keinen Zweifel geben, für wen es bestimmt war, doch Donald wusste verdammt noch mal nicht, wo es steckte. Im Büro oder im Auto hatte er es nicht verstecken können, darum hatte er es mit nach Hause gebracht. Im Schlafzimmer konnte er es nicht aufbewahren, deshalb hatte er es in dem Schrank in Tims Zimmer verborgen, in dem Tim die Spielsachen aufbewahrte, mit denen er nicht mehr spielte, seit er den Computer bekommen hatte. Doch als Donald gestern, während die anderen beim Frühstück saßen, nach oben geschlichen war, um das Geschenk zu holen, das er der Frau überreichen wollte, für die es bestimmt war, da war es verschwunden gewesen. In diesem Moment schaute Tim ihn an, ein unergründliches Kind, das genau wie Donald aussah, als er in demselben Alter war. Massig, gutmütig und sehr gut in Mathe. Eine schlaue kleine Bestie.

„Das hier ist für Mami, stimmt's?“, fragte er unschuldig und zog hinter dem Sofa ein großes, unförmiges Geschenk hervor, dessen Papier zerrissen und schon etwas schmuddelig war. „Das muss es sein. Du hast es versteckt.“

Dieses kleine Schwein. Donald schüttelte den Kopf und wurde rot. Tim warf das Geschenk seiner Mutter zu. Es sah aus, als hätte er Fußball damit gespielt.

„Liebling“, schnurrte sie, „was hast du getan? Ist das etwa für mich?“

Das Paket schien auf ihrem schlanken Schoß förmlich auseinander zu springen, und zum Vorschein kam ein schreiend pinkfarbener Morgenmantel mit Eigenleben. Weiche, leichte Wolle, mit Aufschlägen und nützlichen Taschen, geschaffen, um zu wärmen und sich darin wohl zu fühlen. Genau das Richtige für eine unförmige Großmutter, die einen längeren Krankenhausaufenthalt vor sich hatte. Als er so auf Marias schwarz bekleideten Knien lag, erschien er ihr absolut grauenhaft, sogar noch, bevor sie auf die Größe starrte und einen Schrei ausstieß. Dieser Morgenmantel war für eine Frau mit Übergröße bestimmt.

„Wie konntest du nur?“, sagte sie mit vor Enttäuschung erstickter Stimme.

Die Jungs waren damit beschäftigt, das Papier von ihren Geschenken aufzureißen. Das Knistern des Feuers und die kontrollierte Wut in ihrer Stimme holten Donald in die Realität zurück, nachdem er sich eine ganze Minute lang nur auf einen anderen Planeten gewünscht hatte. Mit Vergnügen

hätte er seinen Ältesten erwürgt, aber er hatte das viele Geld auch nicht verdient, weil er dumm war. Er wusste, wie man anderen etwas vorspielte, darum ließ er den Kopf hängen, starrte den Weihnachtsbaum an und wartete auf eine Eingebung.

„Ich weiß", sagte er zerknirscht. „Er ist wirklich furchtbar. Und so ganz das Falsche. Das ist mir auch schlagartig klar geworden, als ich ihn zum Verpacken ins Büro gebracht habe. Bunny hat ihn gesehen und mich gefragt, ob ich den Verstand und meine Brille verloren hätte, und dass er nie im Leben zu dir passt. Irgendwie habe ich ihn dann nach Hause gebracht, weil ich ihn ja zurückbringen wollte. Aber dann habe ich ihn an einem sicheren Plätzchen verstaut, wie ich das mit vielen Fehlern tue. Ich wollte nicht, dass du ihn siehst", fügte er mit rührender Ehrlichkeit hinzu, während er sich neben Maria ans Feuer setzte, eine kleine Schatulle aus der Tasche zog, sie in ihre Hand legte und ihr einen Kuss auf die Stirn drückte. „Ich mag es nicht, wenn du mich ertappst, wie ich Fehler mache. Das hier ist für dich. Bunny meinte, ich soll es lieber nicht einpacken, das wird nur Pfusch. Frohe Weihnachten, Liebling."

Maria strich über den samtenen Stoff der Schatulle und öffnete sie langsam. Klein und ordentlich und wertvoll glitzerten die Saphirohrringe im Schein des Kaminfeuers. Sie sah auf ihre Füße in den eleganten schwarzen Wildlederschuhen hinunter, dann ihren polierten Parkettboden entlang zum Weihnachtsbaum und zu den sauberen, cremefarbenen Sofas und fühlte sich demütig, weil das Leben es so gut mit ihr meinte. Das war Liebe. Ein Gefühl von Glück durchströmte sie, das sie mit allen teilen wollte, vor allem mit der lieben Bunny.

„Liebling", sagte sie zärtlich. „Das wäre doch nicht nötig gewesen."

„Nein", antwortete Donald. „Nötig vielleicht nicht."

Gemeinsam betrachteten sie ihre Kinder.

„Zeit fürs Bett, Jungs", sagte Maria schließlich. „Morgen sind dann die restlichen Geschenke dran. Ihr kennt die Regeln. Tim, würdest du bitte das Geschenkpapier in die Waschküche bringen?

Wir wollen nicht, dass alles in Unordnung gerät. Ach, und nimm das gleich mit. Danke."

Der rosa Morgenmantel lag über Tims Arm wie eine tote Katze, als er ihn aus dem Wohnzimmer trug. Donald saß schweigend da und schloss die Augen. Maria saß neben ihm und wuschelte ihm durchs Haar.

„Don, Liebling. Ich habe doch vergessen, für morgen jemanden zum Mittagessen einzuladen. Glaubst du, dass es jetzt zu spät wäre, die liebe Bunny zu fragen?"

„Ja", sagte er mit tonloser Stimme. „Viel zu spät. Außerdem ist sie weggefahren, glaube ich."

In einer kleinen Wohnung in angenehmer Nähe zu dem Büro, in dem sie arbeitete, saß Bunny Rice mit hochgezogenen Füßen glücklich und zufrieden vor ihrem großen Fernseher. Sie wackelte mit den Zehen in ihren flauschigen Hausschuhen, machte es sich mit ihrer üppigen Figur im Sessel bequem und trank einen Schluck Wein. Bald würde sie zu dem Orangenlikör und den Pralinen übergehen, die sie schon in Reichweite platziert hatte. Vom Gin war nicht mehr viel übrig. Don, ihr Schatz, liebte Gin.

Das Zimmer war ein Chaos aus Farben, mit seinen verblichenen Chintzbezügen, den Weihnachtskarten, die überall verstreut waren, und dem kleinen Plastikbaum in der Ecke mit den bunten, blinkenden Lichtern und dem pinkfarbenen Weihnachtsschmuck. Sie hatte Bücher zum Lesen und konnte sich jede Soap, die sie wollte, im Fernsehen anschauen. Das Leben war himmlisch. Die Regale quollen über von ihren Lieblingssachen, die meist schon ziemlich alt waren, und den Fotos von ihren Neffen und Nichten. In dem Zimmer standen zu viele Möbel, aber sie hatte ihren ganz eigenen Geschmack, und es war alles sehr gemütlich eingerichtet.

Bunny legte den Menüplan für den nächsten, fröhlichen Weihnachtstag fest, den sie herrlich alleine und mit dem einzigen Ziel verbringen würde, jede Minute davon zu genießen. Es war weniger ein Rezept als eher ein Zeitplan:

Morgens: schlafen.
Frühstück. Viel Toast mit frischer Butter und Marmelade.
Mittagessen: alles, was der Kühlschrank bietet.
Abendessen: Truthahn mit allen Beilagen wie Speckröllchen und Kräuterwürstchen. Vielleicht auch kein Truthahn, die Kocherei ist Mordsarbeit, dafür die Beilagen mit Röstkartoffeln in viel Öl und gut gesalzen.
Eine Flasche von dem guten elsässischen Wein.
Schokolade: ja!

Bunny seufzte voll Erleichterung, dass sie es geschafft hatte. Jedes Jahr bekam sie all diese Einladungen zum Weihnachtsessen im Kreis von Familien. Alle schienen sich um sie zu reißen, warum, wusste sie selbst nicht so genau. Vermutlich, weil sie einen angenehmen Menschen um sich haben wollten, jemanden, der das Leben genoss, und sie konnte die Leute wirklich zum Lachen bringen. Und im Grunde scherte es Bunny einen Dreck, warum sie all diese Einladungen bekam. Die Leute wollten einfach jemanden dabeihaben, damit es nicht zum Familienstreit kam, jemanden, der alles bewunderte, aß und Mitleid erregend dankbar war. Keine Chance. Nun ja, sie hatte ein wenig lügen und erzählen müssen, dass sie verreisen würde. Aber Lügen zu erzählen war nichts Schlimmes, schon gar nicht um diese Jahreszeit. Man tat es, damit die Leute glücklich waren. Sie legte sich eine rosa Decke über die Knie. Bunny hatte eine Vorliebe für Rosa. Sie konnte direkt hier im Sessel schlafen, musste sich nicht einmal das Gesicht waschen. Wunderbar.

Maria ließ ihrem Gesicht besondere Sorgfalt zukommen, bevor sie zu Bett ging. Sie reinigte es, nahm Gesichtswasser und legte Parfum auf. Heute bekam Donald etwas ganz Besonderes geboten. Saphirohrringe verdienten das, doch als sie zurück ins Schlafzimmer kam, war er verschwunden. Maria ging die Treppe hinunter. Vielleicht wollte er ans Feuer oder holte irgendetwas aus der Küche. Plötzlich hatte sie Angst, brauchte ihn. Die Saphire glitzerten an ihren Ohren.

Er war in der Waschküche. Er ging nie in die Waschküche, aber jetzt kniete er dort und suchte irgendetwas zwischen dem Geschenkpapier, das Tim und Mark auf den Boden geworfen hatten.

„Ich suche mein Taschentuch“, sagte er, als sie ihn fand. „Hab mein Hemd hier reingeworfen, ich glaube, das Taschentuch war auch dabei. Morgen brauch ich es vielleicht.“

„Du Dummkopf“, sagte sie liebevoll. „Steh auf und komm ins Bett. Das kann alles bis morgen warten.“

Er folgte ihr nach oben, fiel ins Bett und schlief auf der Stelle ein. Und dann, in der Nacht, überlegte sie, dass er Dutzende von Taschentüchern besaß und warum er ausgerechnet in die unordentliche Waschküche gegangen war. In die er doch sonst nie ging.

Sie wachte früh auf und ging nach unten. Drinks für zwanzig Leute, das Gemüse kurz vorher zubereiten, Essen Punkt vierzehn Uhr. Doch das war es nicht, was sie schon vor sechs aus dem Bett getrieben hatte. Es war etwas anderes.

Er ging nie in die Waschküche. Es gab keinen Grund dafür.

Der Fußboden fühlte sich kalt unter ihren Füßen an, während sie nach irgendetwas suchte, das er vielleicht hier hatte finden wollen. Sie fand es in der Tasche des grässlichen rosafarbenen Morgenmantels. Dort steckte noch eine samtene Schatulle, und darin lag eine herzförmige Brosche mit rosa und blauen Saphiren, die ein B formten. Ordinär, klobig und wertvoll. Eine Sonderanfertigung, mit Liebe gemacht.

Maria saß auf dem kalten Fußboden und starrte lange die Brosche an. Sie schätzte sie ein, sie schätzte ein, was das alles zu bedeuten hatte.

Dann steckte sie die Brosche langsam und sorgfältig genau wieder dahin, wo sie gewesen war, und schloss die Tür hinter sich.

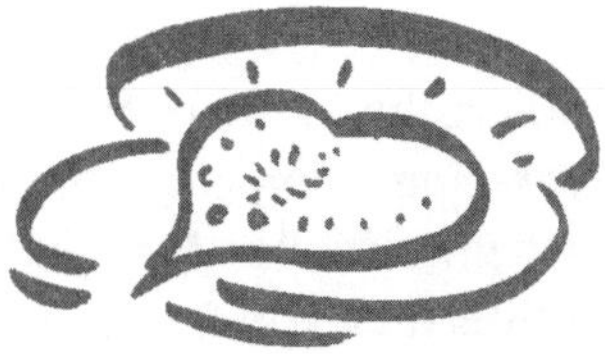

Der große Roman einer neuen Autorin

Iris Leithold
Affäre Alexander
oder Die Suche nach dem Elixier

ISBN 3-203-79528-0

Iris Leithold erzählt in ihrem faszinierenden Debüt-Roman von einer klugen und leidenschaftlichen Frau, von geheimnisvollen Manuskripten und Ereignissen im Mittelalter, von Intrigen und Verbrechen bis zum atemberaubenden Showdown.

EUROPA
VERLAG

Agatha Christie meets John le Carré

Reginald Hill
Ins Leben zurückgerufen

ISBN 3-203-78011-9

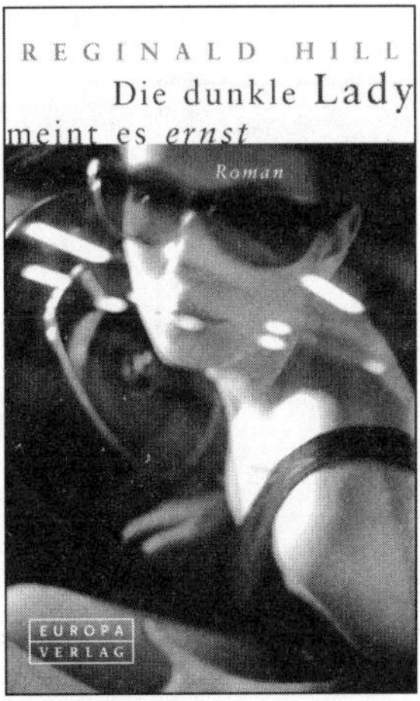

Reginald Hill
Die dunkle Lady meint es ernst

ISBN 3-203-78012-7

Donna Leon meint in der »Sunday Times«:
»Wie nur schafft es Hill, einen Dalziel-Pascoe-Roman nach dem anderen zu schreiben und immer nur noch besser zu werden?
Wenige heutige Krimi-Autoren besitzen Hills Gaben: die Intelligenz, den flotten Humor, die Leidenschaft und einen Stil, der Eleganz mit Anmut verbindet.«

EUROPA
VERLAG

KLEIN ABER OHO

Heiße Stories von Bestsellerautoren

Polina Daschkowa
Nummer 5 hat keine Chance

ISBN 3-203-85213-6

Nino Filastò
Pfeffer für Brunelleschi
Ein Florenz-Krimi

ISBN 3-203-77020-2

EUROPA VERLAG

Erotische Irrungen und Wirrungen – verrückt, frech, fröhlich

Lily Prior
Sentimenti Italiani oder Träume eines Sommers
Roman der Leidenschaften

ISBN 3-203-81048-4

Lily Prior
La Cucina Siciliana oder Rosas Erwachen
Roman der Begierden

ISBN 3-203-81046-8

Lily Prior
Nektar oder Der Duft der Italienerin
Roman der Versuchung

ISBN 3-203-81047-6

EUROPA
VERLAG